私の生涯教育実践シリーズ'21

# コロナ禍から学ぶ

公益財団法人
北野生涯教育振興会［監修］
耳塚寛明／油布佐和子［編］

ぎょうせい

# まえがき

二〇一九年の暮れ、中国湖北省武漢市を中心に発生したとされる新型コロナウイルス感染症は、瞬く間に世界中で猛威を振るうようになった。感染の広がり方を見て「グローバル化」という言葉の意味を体で感じた。

この感染症のために命を落とした人の数は世界中で四五六・五万人（二〇二一年九月初旬現在）。第二次世界大戦の死者六千万人強には遠く及ばないけれども、戦いを強いられた国の広がりは世界大戦をはるかに凌ぐ。そもそも死者の数が十分の一だから小さな危機なのだとは思われない。

日本での死者の数は一万六千人強（同右）、感染者数の累計は一六〇万人を超える。この稿を書いている時点では、新規感染者数は前週比で減少をはじめ第三波が収束しつつあるように見える。が見えるだけでコロナ禍によって失われた日常が戻ってくる気配はまだない。むしろコロナ禍（あるいはそれに類する状況）が常態化してしまうのではないかという恐れのほうが強い。

序章にも書いたが、新型コロナウイルス感染症は、社会運営上の、そして個々人の生活に対する脅威以外の何ものでもない。だが、パンデミックが拡大したからこそ、気づかされたことや見えてきたものもある。新型コロナウイルス感染症の拡大は、それがなければ見えなかったものを見せてくれる壮大な社会実験でもあった。個人や社会が眼を啓かれ、学ぶ契機でもあった。

ある入選作品にこういう文章が出てくる。「私はコロナ禍の閉塞状況を生きた日々と、それによって考え直すことになった自分と世界の姿を忘れたくない。」きっとそうなのだ。コロナ禍の後私たちは日常に戻るのではない。そうではなくて新しい世界と自分が見えるようになるのだ。

応募してくださったすべての皆様、出版に際してお世話になった皆様に感謝を申し上げたい。

令和三年九月

編者　耳塚　寛明

目次

## 第四章　未知から見出す道



## 終　章　コロナ・パンデミック下のロンドンで

# 序章

# コロナ禍から学ぶ 人も社会も

# コロナ禍から学ぶ　人も社会も

青山学院大学学部特任教授
耳塚　寛明

## 一、母の死

私事になるが、この夏、郷里で入院中の母を亡くした。昭和二年生まれ、九四歳であった。一〇年前から介護老人施設と病院を行き来し、またここ三年ほどは意識障害があった。私が訪問しても虚ろな視線が返ってくるだけで、私を認めているのかどうか、定かではなくなってしまった。私が一方的に語りかけるだけで、コミュニケーションはすでになかった。そういうこともあって、母の死に顔に触れたときも、涙は出てこなかった。覚悟ができていたのであろう。当たり前の予定のように母の死を受け入れた。

涙することなく母の死を受け入れはしたが、悔いがなかったわけではない。最大の悔いは、母を家族の近くに置いて、生活できなかったことである。チャンスはあった。

# 序章

一五年ほど前、郷里で一人暮らしていた母が、運転中に交通事故を起こして入院した。私は飛び帰って、母に代わって事故処理をすべて行った。処理を終えて、母を病院に一人残して東京に戻る気にはどうしてもなれなかった。血中酸素濃度が低すぎていま動かすのは危険だという医師たちの反対を押しのけて、母を強引に退院させ、後部座席に乗せて東京へ戻った。飛び込みで救急病院に入院させた。入院は数週間におよび、退院後も二ヶ月ほどはわが家で療養しながら通院した。健康を取り戻した母は郷里に帰ると言い張り、郷里での生活を床上げから始めた。あのとき、母を引き留めるべきであった。そうしていれば母の最晩年は多少なりとも違ったものになっていたと思う。この悔いはもう一つの悔いによってひときわ大きくなった。

二つ目の悔いは、ここ一年半にわたって郷里の母を見舞うことができなかったことである。介護老人施設からも、病院からも、施設内への立ち入りはご遠慮くださいといわれた。とくに最後に入院した病院からは、たとえ死に目に間に合わなかったとしても、病院に来ないでほしい、来ても病棟には入れませんといわれた。いうまでもなく、コロナ禍故である。結局母は、子どもたちはもちろん親類縁者にも見守られることなく、一人で旅立った。だから死後、久しぶりに母の顔を見るのが正直怖かった。生きているかのような死に顔でほっとした。

コロナ禍のために母の臨終に立ち会えなかったことが二つ目の悔いである。その悔いが一つ目の悔いを増幅させた。あのとき強引にでも母を東京に引っ越させるべきであった。悔いは悔いても仕方ないときになって大切にすべきであったことを教えた。もはやそういう状況に遭遇することはあり得ないが、悔いは学びの強力な契機だろう。

右記は私自身が「コロナ禍から学んだ」事がらの一つである。個人的な事象であり私個人が学んだことにほかならない。コロナ禍の中で個人に訪れた学びであるということは、次章以下に掲載されている入賞論文にも共通した特徴といってよい。

しかし、コロナ禍の中で、個人以外にもそこから学ぶべき主体がある。「社会」である。この稿を書いている時点で（二〇二一年八月下旬）、新型コロナウイルス感染症の勢いはとどまるところを知らない。そのこと自体は、個々人の生活に対する、あるいは社会運営上の脅威以外の何ものでもない。同時に、パンデミックの拡大によって、気づかされたことや見えてきたものもある。新型コロナウイルス感染症の拡大は、それがなければ見えなかったものを見せてくれる、壮大な社会実験でもあった。その実験結果から社会もまた学ばなければならない。

ここでは、コロナ禍から社会が学ぶべきことがらのうち、筆者の研究対象である「教育」に焦点づけて、二点考察してみたい。

## 二、情報リテラシー教育

コロナ禍の中であらためて気づかされたのは、第一に情報リテラシー教育の重要性である。情報リテラシー教育という専門用語があるわけではないが、情報を評価し、正しい情報を探り当てる態度、スキルや力を培う教育くらいの意味で理解しておいてほしい。情報の受信者として必要な態度・スキル・力であるだけではなく、発信者としても培うべきものである。

昨年、勤務する大学の初年次演習（一年生対象）の授業で、ある官公庁が実施・公表した調査報告書をスマホで検索させたことがあった。公的統計なので正しいサイトにたどりつくのは易しい、そう予想していたのだが結果はびっくり。正しいサイトにたどりついて、調査の概要を読み取ることができた学生は少数派だった。第一に、検索に時間がかかる。省庁のサイトに移動してそこで目指す調査報告を探せばよいだけなのだが、難しいらしい。SNSやニュースサイトは頻繁に使うのだが、検索の経験は乏しいかもしれないと思った。第二に、調査の概要を報告させたところ、調査報告を読んだ一般人が感想をツイートしている記事に基づいて発表した学生がいた。大問題だと思った。少なくとも、ネット上に氾濫する情報の種類と性質を見分け、信憑性を評価する姿勢に欠ける。これでは、いわゆる偽情報（いったんフェイクニュースと呼んでおく）に簡単にだまされてしまうではないか。

**総務省のフェイクニュースに関する調査**

そんな折り、二〇二〇年六月に総務省が実施した「新型コロナウイルス感染症に関する情報流通調査」の結果を見つけた。

調査方法等の詳細は省略するが、「昨今、インターネット上のフェイクニュースや偽情報の問題が懸念されているところ、新型コロナウイルス感染症に関連して、間違った情報や誤解を招く情報（いわゆるフェイクニュース）の発生・拡散が顕在化しており、今後も被害拡大が懸念される。（そのため）新型コロナウイルス感染症に関するデマ・フェイクニュースの実態把握を行う」ことが調査の目的である。

この調査の中で興味深い設問がある。具体的な一七の新型コロナウイルスに関する間違った情報や誤解を招く情報を提示し、それぞれについて、「1　正しい情報だと思った・情報を信じた」「2　正しい情報かどうかわからなかった」「3　正しい情報ではないと思った・情報を信じなかった」から一つを選択させる設問である。一七項目は「こまめに水を飲むと新型コロナウイルス予防に効果がある」「新型コロナウイルスについて、中国が『日本肺炎』という呼称を広めようとしている」などであり、いずれもメディア等によりファクトチェックされ、間違った情報や誤解を招く情報であるという評価が確定している情報である。

項目中、ひとつでも「1　正しい情報だと思った」者の比率は二九％、若年層ほど比率が高い傾向があった（一五～一九歳三六％、六〇歳以上二〇％）。これに選択肢2を加えた結果が図1である。一七項目中、一つでも誤った情報だと断じることができなかった人は、全体の四分の三に達する。

図１　「正しい情報だと思った・情報を信じた」あるいは「正しい情報かどうかわからなかった」人の比率

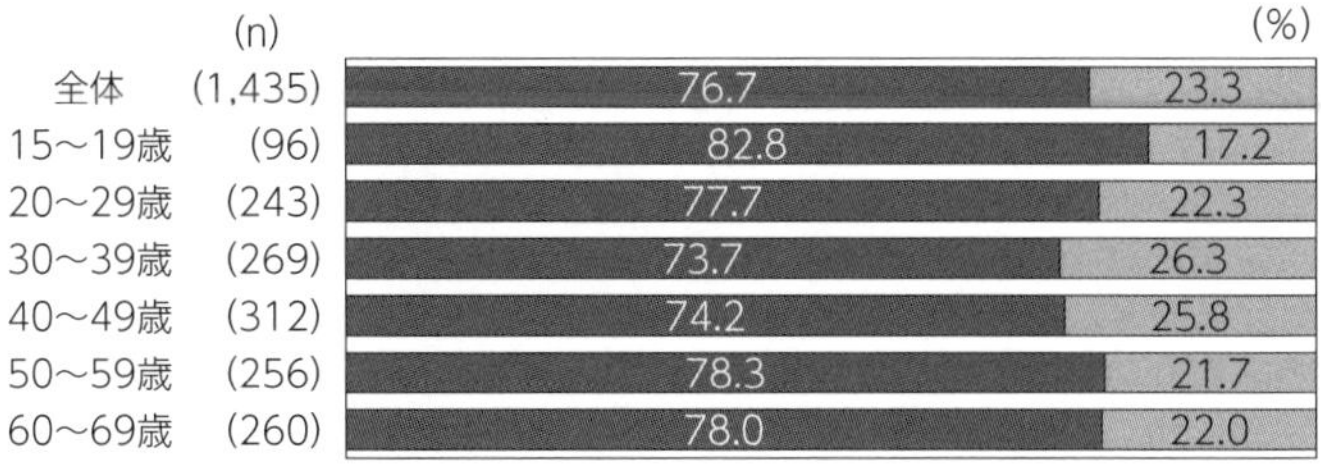


■ 一つでも「正しい情報だと思った・情報を信じた」あるいは「正しい情報かどうかわからなかった」を選んだ人

■「正しい情報だと思った・情報を信じた」あるいは「正しい情報かどうかわからなかった」を全く選ばなかった人

（データ出所：総務省「新型コロナウイルス感染症に関する情報流通調査　報告書」2020年６月19日）

## 情報媒体の利用と信頼性

新型コロナウイルスの情報やニュースを見聞きした情報媒体については、民間放送（七二％）、Yahoo!ニュース（六三％）、NHK（五一％）の順に高かった。ただしここでも世代差は大きく、一五～一九歳だけを見ると、一位の民間放送（六六％）は変わらないものの、二位にTwitter（五一％）、三位にLINE NEWS（四七％）が来る。若年層でSNSの利用率が高い。

では、どのようなメディアの情報が信頼できると考えているのだろうか。新型コロナウイルスに関して、特に信用できる情報源やメディア・サービスについては、NHK（四四％）、政府（四〇％）、民間放送（三八％）の順に高かった。

これらの調査結果に基づいて報告書は次のように指摘している。第一に、情報の判断や正しい情報の入手について、多数の人が困難を抱えている。第二に、放送メディアは利用度と信頼度がともに高いことから、引き続き重要な役割が期待される。第三に、ニュース系アプリ・サイトは、利用度が高いものの、信頼度は相対的に低く、信頼度を高める工夫が期待される。第四に、SNSは若い世代に対して影響力が大きいメディアであり、信頼度を高める工夫やファクトチェック結果を届ける工夫などが期待される。

**情報を評価できるリテラシーの教育を**

フェイクニュース対策に詳しいライターの耳塚佳代さんによれば、近年、欧米では「フェイクニュース」という言葉の使用を避けるのが主流だという（注1）。各国の権力者が、一部の報道機関を政治的に非難する際にこの言葉を使うからである。フェイクニュースという言葉が安易に用いられることで、ユーザーは事実に基づいた報道でさえ疑い、すべての情報に対してシニカルな態度をとるようになってしまうという指摘もある。

デジタル時代に、どう偽情報・誤情報の危険に対処していくのか。むろん情報を発信する側にも、ファクトチェック等自らの信頼性を高める責任はある。だが詰まるところ、情報の受け手自身が、独自に情報の評価を行うことのできるリテラシーを身につけるしかあるまい。教育界がこぞって取り組むべき今日的重要課題である。

## 三、コロナ禍の中で教育格差が広がった可能性

昨年春、教育界は全国的な休校期間を経験した。休校期間にいったい何が起こったのだろうか。休校期間やその後の学校運営上の変化は、子どもたちの生活や学びにどんな変化をもたらしたのだろうか。学校のたしかな存在意義に気づかされる契機になったのだろうか、それとも学校などないほうがもっと効率的に学べると感じた人々のほうが多いのか。

### 休校期間に何が起きたのか

昨年の五月一一日に学校を再開したのは七県、六月一一日に全面再開したのは二四県、同日短縮分散登校を開始したのは九県だった。六月一日時点で九割以上の公立校（小中

高）が学校を再開したとされる。休校期間は地域によって差が大きく、また公立か私立かによって影響も異なる。

休校期間に何が起こったのか、この問いに答える際に無視できないのが「格差」というキーワードである。格差に関して、「何の格差か」と「何による格差か」が問題になる。まずは前者―何の格差か。学習環境、学習時間、学びの質、学習成果等の格差がどうなったのかが重要である。さらに認知的な能力だけではなく、非認知的な能力の獲得機会や人間関係など幅広い経験をする機会の格差も大切だろう。後者（何による格差か）については、①地域差（パンデミックの程度）、②地域差（行政による対応の違い）、③学校・教師による差、④家庭による差等が考えられる。

新聞報道（日本経済新聞二〇二〇年一二月二八日朝刊）によると、ＩＣＴ（情報通信技術）活用の学校間格差がはっきりしたという。公立校もＩＣＴで授業を続けた学校と、プリント郵送などアナログ対応に終始するところに分かれた。それがどんな原因によるのか（教育委員会に起因するのか、学校なのか）、さらにその結果として子どもたちの学習成果にどんな差が生まれたのかは、知っておく必要がある。

学びの質に格差が生まれなかったのかも、重要な問題である。アクティブ・ラーニングや探究的な学びの浸透・進展が阻まれた可能性もある。休校期間による学習の遅れを取り戻そうとする中で、新指導要領の理念が軽視された恐れは否定できない。

ただし、この点に関しては日本全体として見れば懸念に過ぎなかったといってよいかもしれない。文部科学省の令和三年度全国学力・学習状況調査によれば、休業期間を含む昨年度に、「授業では課題の解決に向けて、自分で考え、自分から取り組むことができている」と答えた小中学校はむしろ増加した。「児童生徒自ら学級やグループで課題を設定し、その解決に向けて話し合い、まとめ、表現するなどの学習活動を取り入れた」学校も有意に増えている。コロナ禍が原因で、「主体的・対話的」な学びの導入に遅れが出たとはいえない。

**家庭による格差の拡大は?**

最大の懸念は、休校期間の存在が、子どもたちの教育格差を非可逆的に拡大する結果を招いたのではないかという疑いである。

オンライン授業で対応した学校であれば、家庭のＩＣＴ環境（インターネット環境を含む）の優劣が学習成果に直接影響を与える。大学生の場合も、家庭による格差が目立った。パソコンを買えずにスマホだけでオンライン授業を受けている学生がいた。ネット環境の差も大きかった。同じことが、小中高校でも起こっていただろう。

紙媒体の宿題によって休校をカバーした場合でも、保護者の支援が学びの成否を左右する。子どもの計画的な学習管理、学習の指導・支援ができた家庭と、それらを欠く家庭では、学習成果に大きな隔たりが生まれたにちがいない。先に引用した令和三年度全国学力・学習状況調査の結果によれば、コロナ禍で学校が休校していた期間中、「学校からの課題で分からないことがあったとき、どのようにしていたか」と尋ねると（小学生）、第一位は「家族に聞いた」で七九％、第二位の「自分で調べた」（六二％）や第三位「友達に聞いた」（三二％）を大きく上回った。

おそらくは、家庭の社会経済的地位（ＳＥＳ、Socio-Economic Status、家庭の文化的環境や経済的な豊かさ）が高いほど、ＩＣＴ環境が充実し、また保護者による学習支援が可能であったであろう。つまり、家庭の社会経済的地位による学力格差は、休校期間によって拡大した可能性がとても大きい。

図２　コロナ禍の影響による収入変化（高校生保護者の回答）

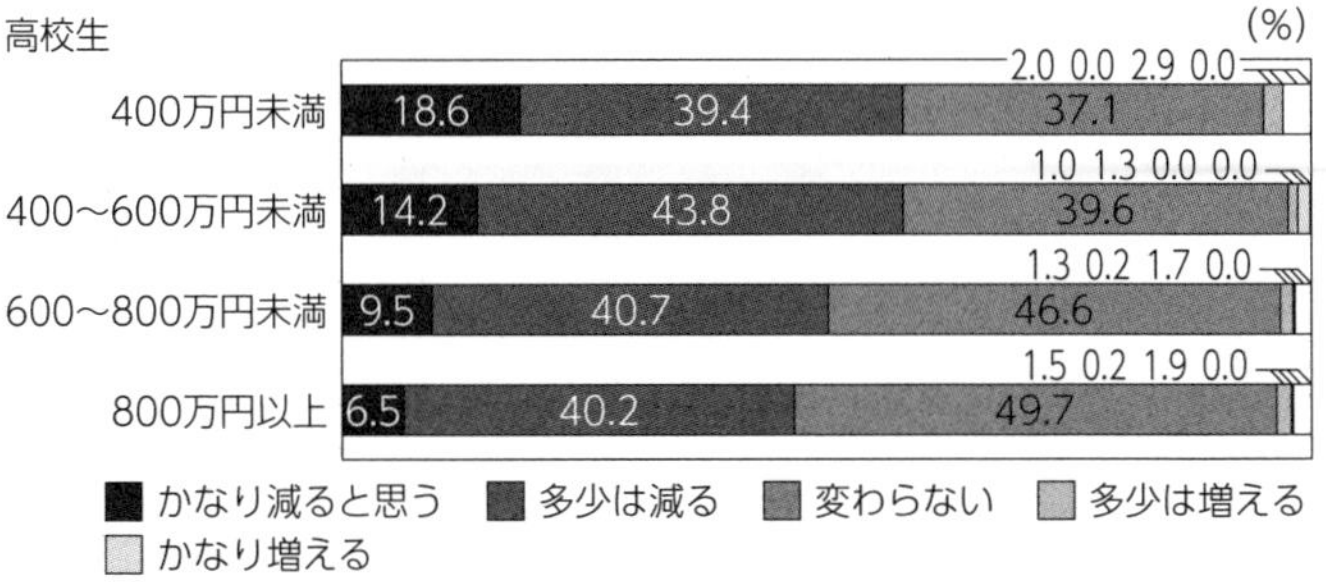


（データ出所：東京大学社会科学研究所・ベネッセ教育総合研究所共同研究『子どもの生活と学びに関する親子調査2020』）

いまひとつ心配なデータがある。図２は、新型コロナウイルス感染拡大の影響による収入の変化を、高校生の保護者に回答してもらった結果である（注２）。結果は明瞭で、低所得階層ほどコロナ禍によって世帯収入が減少すると予測している。教育格差以前に、経済格差自体が拡大したことを示唆するデータである。

学校は、家庭の経済的・文化的環境の凸凹をならす平等化装置である。一時的に学校が失せたことにより、家庭環境の影響がむき出しになったとしてもおかしくはない。

コロナ禍の中で、私たちの社会に何がおこったのか。対象を教育に限定してみたとしても、何がおこったのかについて全貌を知ることはまだ困難である。事態は進行中であり、かつまた事実の分析には時間がかかるためである。

けれども私たちがコロナ禍から学ぶためには、まずは情報を評価して正しい事実を手に入れることから始めなければならない。学びの第一歩である。

（注1）耳塚佳代「『フェイクニュース』時代におけるメディアリテラシー教育のあり方」『社会情報学』第八巻三号、二〇二〇年

（注2）報告書ダイジェスト版は、ベネッセ教育総合研究所のウェッブ・サイト内で閲覧できる。東京大学社会科学研究所・ベネッセ教育総合研究所共同研究『子どもの生活と学びに関する親子調査二〇二〇』。

# 第一章　折れない心

## 私たちの出会い

アルバイトを始めて出会った「推し」の存在。店員への分け隔てない気遣いや人柄に触れることで、私の仕事への向き合い方も大きく変化する。自分の立場や出会いについて考えを深める中で、これからの未来に思いをはせる。

## もうすぐ私は歩けなくなるのに！

進行性麻痺で徐々に歩けなくなると言われている私は海外旅行が好きだ。海外への渡航に限らず、COVID-19に奪われたものは計り知れないが、一方で良い変化もあった。今が苦しいからこそ、乗り越えた先の期待が高まるのだ。新しい世界への願いを綴る。

## 私の使命

何のために生まれてきたのか。小学校の授業で聞かれた問いへの答えをずっと探していた。修学旅行で伺った戦争体験の語り部のお話やフランスの歴史家の言葉がヒントとなり、自分の使命を見出す。今、私ができることは。

## 日常にある幸せ

コロナ禍前後で大きく変わった日常。逆境と痛みの中とはいえマイナス面だけではなかった。私生活にもたらされた潤いやたくさんの学びと気づきがあった。日常に溢れている幸せを再認識する。

# 私たちの出会い

杉本　玲

二〇二〇年九月、私は塾講師のアルバイトと掛け持ちで駅中のコンビニのアルバイトを始めた。大学受験が終わり、憧れのキャンパスライフを楽しみにしていたのに二〇二〇年を振り返ってみればバイトに勤しんだ思い出ばかりだ。一年でキャンパスに足を運んだのは健康診断を合わせて五回だけ。九月は塾講師のアルバイトが慣れてきた頃で、大学に行けない不安などを働くことで紛らわしたかった。

コンビニバイトは土日で週二のシフトである。塾講師のアルバイトで相手にするのは自分の担当している生徒だけだが、コンビニのアルバイトは本当に様々な人を相手にする。様々な人がいる中で、存在だけで私の生活に彩りをくれた出会いについて今回は書こうと思う。私は生まれてから一九年で多くの人との出会いがあったが、良い意味でも悪い意味でもいろいろな人がこの世界で生活していることにコンビニのお客様を通して何度も驚かされた。また私の取り巻く環境が狭かったことを実感した。

私は接客業が性に合っているようでレジ打ちの業務が一番好きだ。最初こそ支払い方法の選択やオペレーションの仕方を間違えることばかりだったが、今はほとんどスムーズにできるようになった。意外にもお客様は私が思っている以上に店員のことを見ているようだ。私が続けて勤務に入っていると「昨日もいたわね、お疲れ様」と声をかけてくれる人もいるし、反対に「たばこをすぐに出せないなんて勉強不足だな」と怒鳴ってくるお客様もいた。勉強不足だなと言われると、危うく「お客様は思いやり不足ですね」と言いそうになってしまう。自分に至らない点があったのは事実だから反論なんてありえないが、もう少し優しく教えてくれても良いのではないかと思う。

一方、お会計で商品を出す際に「お願いします」帰り際に「ありがとうございます」と毎回決まって言ってくれるお客様は、店員側からすると好印象として勝手に頭に残りやすい。彼も決まってそんな風に言ってくれるお客様の一人である。

私は「推し」と称して彼の来店を心待ちにしている。断っておくが「推し」というだけであって関係を発展させたいなどという気持ちは全くない。今このエッセーを読んで今度コンビニに行った際に話しかけられるかもしれない、と思っている皆様はどうか心配しないでほしい。よっぽどでない限り私たちはお客様に私情を持ち込まない。コンビニ店員とお客様とは何とも微妙な距離だと思う。常連客であっても商店街のような親しみやすさはないし、デパートのように畏《かしこ》まりすぎても変に思われる。ただお客様から仕事ぶりを褒められるのは嬉しいし、ありがとうの一言でモチベーションが格段に上がるので、言っていただけるのなら毎日でも言ってほしい。お客様から話しかけられるのは問題なく対応できるので、どうぞ温かいお言葉をください。

推しは必ず店員を見て「お願いします」と「ありがとうございます」を言ってくれる。さらには商品のバーコード面を上にしてレジに乗せる気遣いもしてくれる。どの店員に対しても同様の接し方をしているようだ。会計トレーへのお金の置き方も丁寧である。小銭を数えやすいように種類別に一枚ずつ並べるのだ。私の店舗は店員が目視で渡された金額を確認しなければならないので、この気遣いは本当にありがたい。

笑顔がかっこよく、対応が丁寧で優しい。私はその日どんなに嫌なことがあっても推しの存在だけで「バイトに来てよかった、私が関わるお客様の一瞬を少しでも安らかな気持ちにできるように頑張ろう」と、とても前向きな気持ちになれる。

二〇二〇年は外出自粛を迫られて、新しい出会いはないだろうと、悲観して考えていたがこれは間違いであった。他人との関わりや出会いはそこら中に溢れていると思った。例えば私のようなコンビニなどの店員とお客様も一つの出会いだと思うし、言葉を交わさずとも通勤電車の中で居合わせた熱心に単語帳を読んでいる学生とそれに気づいた私も一つの出会いではないか。熱心に勉強する学生を見た後、私も溜めてしまった課題をしなければと思える。またコンビニのお客様たちが優しい人ばかりだとバイト終わりの気分が良くなって寝つきが早くなる。私は気にしていないうちに多くの人と関わり出会っているのだと思った。そして影響を受けている。

私は彩りのない単調な日々が「推し」との出会いで変化した。バイトをしていることが楽しくて、ただレジを打つだけではなく、一瞬の買い物がどんなお客様にとってもスムーズに、少しでも素敵な時間になれば良いと思うようになった。推しとの出会いが私のバイトへの考え方を前向きに変えた気がする。

誰かとの出会いは、またほかの誰かとの出会いに繋がっていくと思う。推しに出会ってから自分の仕事ぶりを振り返り、オペレーションの声の出し方や速度を人物、状況によって推しに出会う前よりも気にするようになった。他にも決まったたばこを買いに来るお客様には、来店したのが見えたらレジ近くにいつものたばこを準備しておく。ちょっとしたことだがやはりお客様は私たちのことをよく見てくれているから、「いつもありがとう」と言ってくれたり、「また来ます」と話してくれたりする。二〇二一年に変わってから、推し以外にも対応が優しいお客様が増えた気がする。私は推しの優しさを知って、私の周りには優しいお客様がもっといるのではないかと目を配るようになったのだ。だから実際に店員に対して優しくするお客様が増えたのか、私がお客様の気遣いを感じやすくなって増えたように感じているのかは分からない。しかしアルバイトが楽しくなって、接客態度を褒められるようになったのは確かだ。コンビニでアルバイトを始めたばかりの九月では黙って商品を持って帰るだけだったお客様も最近では「ありがとうございます」と言ってくれるようになった。私は初めてお礼を言ってもらえた時本当に嬉しかった。他のバイト仲間に興奮気味に話したのを覚えている。私は推しの名前すらも知らない、知っているのはよくチョコレートとコーラを買って帰ることだけである。今回の私と推しとの出会いは誰しもきっと誰かに影響されて生きていて、影響を与えていると気づかせてくれた。だから自分自身の行動には気を付けなければいけないとも思う。私は推しの気遣いや温かい人柄に触れた。私は一体今までどれだけ推し以外の気遣いを見逃しているのだろうか。推しは輝いて見えた。来店した瞬間からかっこいい。鈍感な私ですら感じられる推しの輝きは凄まじいのだろう。私は推しとの出会いを通して人の輝きに触れて、自分の気持ち次第でもっと世界は輝いて見えるのではと思った。今では推しは私の世界に彩りを与えたのではなく、この世界に、もっと色があることを教えてくれたのではないかと考えている。私は世界をいろんな色で楽しみたい。

ただ見たくない色も見えてしまう。見たくない色は塗り替えれば良い。私たちに八つ当たりするお客様が稀にいる。私はひどい言葉をかけられたときに悲しくなった。しかし、同じシフトの女子高校生が「店員に汚い言葉遣いをする人はニートだと思ったらムカつきませんよ」のアドバイスのおかげで最近は無傷だ。働いたことがないから人との関わり方が分からないのだと思える。

それから私は、推しが私の行動を良い方向に変えてくれたように自分も周りの行動をよくできないかと考えた。

私のアルバイト先の塾は掃除が行き届いてなかった。私は何か特技があるわけでもないし、推しのような輝きは持ち合わせていない。しかし掃除はできる。私は塾を掃除することに決めた。掃除をすることで少しでも生徒たちが勉強をしやすくなれば良いと思ったからだ。ただ本来、教室掃除は社員さんの仕事だそう。だからこっそりやらなければいけないと計画し、社員さんが来る前のバイトの先生だけで塾運営をしている時に実行を決めた。計画の段階で、私が掃除をすることを他のアルバイトの先生に話していたら「私もやりたいです」と時間のある先生が二人来てくれたので、私を含めて三人で塾の掃除ができた。

しかし塾がきれいになったことを社員さんに気づかれ、塾の掃除をさせてしまったと、かえって気を使わせてしまった。私はまだまだ周りに気を配れていないようだ。自分の行動が周りにどんな影響を与えるのかを考えられなかった。掃除したことにお礼ではなく謝罪を受けてしまった。社員さんはいつも忙しく、掃除くらい手の空いている私がやれば良いと楽観的に考えていた。しかしこっそりやるよりも先に事情を話して社員さんに断ってから実行する方が良かったのかもしれない。

　掃除をすることは良い行動かもしれないが、やり方や手順によってはお節介になるのだと思った。良い行動が必ずしも良い結果を生み出すのではないのだ。立場上、簡単に行動に移してはいけないことがあると分かった。

　二〇二〇年は自分の立場や行動にとても気を使わなければいけない一年だったと思う。特に私は自分の立場や出会いについて考えを深めることになった二〇二〇年だった。私たちはみなどんな時でも影響しあって生活している。そして今の私も誰かに影響を与え、受けているのだと思う。せっかくなら良い影響を与えられるように、これからもっと周りに気を配りたい。そして私も周りから良い影響を得て成長していきたい。その点で大学のキャンパスに通うのは大きな意味を持っていると思う。早く大学のキャンパスで勉強できる日が来ることを願う。

# もうすぐ私は歩けなくなるのに！

髙田　利恵

「タクシー！」

十七歳の娘と私は、車道に向かって左手を斜め下に突き出した。あっという間に何台もの自家用車が列を作って並んだ。

二十年前、ロシアのボリショイバレエスクールに学んでいた娘と七十三歳の母とでモスクワを観光したときのことだ。

当時は正規のタクシーが少なく、白タクが普通だった。ロシアホテルまで日本円にして五百円で行ってほしいと、運転手と交渉する。

一台目。そんなに安くは行けないと、首を横に振る。

二台目。すんなりＯＫした。

薄汚い車だ。でも破格に安い値段で承諾したのだから文句は言えない。後部座席に座ると、足元に青い丸いライトのようなものが転がっている。邪魔だ。踏んで壊さないように足を横にどける。

途中で、助手席に座った娘が異変に気づいた。モスクワの中心地は一方通行なのだが、この白タクは、何と、道を逆走している。なんてこった！

しばらく走ると、パトカーに見つかった。

パトカーは、拡声器で怒鳴ってきた。

「道を逆走している。止まれ！」

どうなることかと思ったら、こちらの車もマイクを持って怒鳴り返した。

「マイクを備えているの？」

と驚いたら、その内容に二度びっくり！

「こちら覆面。客をホテルに送り届ける。邪魔するな！」

私の足元に転がっていたのは覆面パトカーの青いランプだった。

逆走しているため車はホテルの中に入ることができず、私たちは車線の反対側で下ろされた。なるほど、まともに走ったら遠回りだが、逆走すれば距離は短いから、安い料金でも承諾できるわけだ。

娘の友達も、本物のパトカーに学校まで送り届けてもらったことがあるそうだ。もちろんタクシー代は払った。

ペレストロイカの後、警察官もアルバイトをしなければ食べていけなくなり、署一丸となってタクシーのバイトに精を出しているという話だった。

インドネシアのバリ島で、牛が道路横断するのをタクシーの中で延々二十分待ち続けたり、エジプトのピラミッドに上って筋肉痛に苦しんだり、マチュピチュで放牧されているリャマの背中を撫でたり、毎年春休みに海外旅行に行くことが私の楽しみだった。

私は進行性麻痺の病気で、徐々に歩けなくなると言われていた。だから少しでも歩けるうちにと、毎年国外に出かけた。

自分でも体の衰えは自覚していた。歩くどころか、立っていることさえ少しずつ難しくなっていた。広い空港を移動するときは、車椅子を頼んだ。

「五百メートルもこの足で歩くなんて無茶です！」

もうすぐ私は歩けなくなるのに！

と医師に叱られたこともあった。

でも行ってみたい国はたくさんあり、訪れる度に新しい発見のある旅は、多少の危険をおかしてもかけがえのない体験だった。

小中学生向けの学習塾を経営しているので、生徒たちに感動と興奮を届け、世界への好奇心を育てる貴重な経験をしていると自負していた。

それが、去年突然訪れたCOVID-19の嵐の前に突然崩れた。海外どころか、他県にさえ不要不急の用事で行くことはできなくなった。


もうすぐ私は歩けなくなるのに！


奪われたものは海外への渡航だけではない。

人生の大切な行事。結婚式や葬式、卒業式、みな変わった。出席者は限定され、喜びや悲しみや感慨に浸る時間も減った。

息子も去年の二月初めに結婚届を出し、沖縄の離島に新婚旅行に行ったけれど、六月に予定していた神前結婚式は一年後に延期になった。しかも出席者は家族だけで、披露宴はなしという寂しさ。

介護老人保健施設に入所した母、病院に入院した父にもほとんど会えなくなった。月一回の予約制で、面会時間は十分。十五歳以下は会えないので、曾孫を見せることもできない。一度に会えるのは二人だけだし、ひどいときは、しょっちゅう故障して画面が乱れるタブレットでの面会しかできないときもある。

父は九十五歳、母は九十三歳。寿命が尽きるまでわずかな時間しかないのに、会うチャンスさえ与えられない。

富山県で初めてコロナ患者になったのは、京都の大学を卒業したばかりの若い女性だった。彼女は外国への卒業旅行から帰ってきた同級生からうつされ、知らずに帰省して仲の良い三人の友人にうつした。それがまるできっかけとなったように、富山県でもクラスターが生じ、一気に患者が増えた。

彼女だけのせいではない。それなのに、彼女の身元は特定され、地元の有名企業に勤めていた父親は退職に追い込まれた。家の窓は投石で割られ、ドアには「富山県で一番にコロナ患者を出した」と張り紙がされ、父親は自殺した。

新型コロナはウイルスで人の命を奪うだけでなく、風評でも殺すのだと知った。

現実の問題として、私も他人と一メートル以内に居続けるのは恐いと思っている。先日、映画館にライブビューイングを見に行った。いつもは閑古鳥が鳴いている映画館なのに、その演目に限って両隣も前も後ろも満員。二時間半、三密が恐かった。

いつまでこの状態が続くのか先行き不透明だし不安だが、どんなにひどい世界でも、苦しいだけではなく、それによって救われたり進化した部分が必ずある。

私にも良い変化があった。

交通費が高いため、東京で月一回しか習えなかったシナリオレッスンがズームレッスンになり、今は月四回習うことができる。

対面の授業が問題視されたとき、スカイプやズームレッスンを導入し、六十歳を過ぎた私が主導して遠隔授業ができるようになった。
遠くには行けないので時間の余裕ができ、ジムに通い始めた。すると、少しずつだが筋力が付いてきたようで、何にもつかまらないで立っていられる時間が増えた。ひょっとしたら、もう一度旅行に行けるかもしれない。

この病気によって奪われた多くの命や健康、数々の経済的損失、人々への信頼感、希望等たくさん問題はあるが、私たちはどんなに時代が変化しても生き抜かなければならないし、そのために時代と折り合っていかなければならない。
ロシアでは生活のためにパトカーもタクシーになった。では今の私たちがするべきことは何だろうか？

先日、チューリップフェアが砺波で開幕した。去年は新型コロナの影響で閉鎖された公園に、今は三百種類三百万本もの色とりどりのチューリップが咲き誇っている。

フェア七十周年を記念して、航空自衛隊のブルーインパルスが飛来し、会場で八つのパフォーマンスを見せてくれた。

一機一機がスモークで、それぞれ半径五百メートルの大きな輪を描き、白いスモークは重なり合って美しいさくらの花模様になった。

人々は空を見上げ、その機能性と芸術性が融合した美しさに歓呼した。

彼らが青空に描いた華やかな作品に、私たちは感動や勇気をもらい、涙する人もいた。

この病気を知らなければ、こんなにじっくりと、生きることあるいは死について考えなかった。

奪われなければ、それの持つ意味や価値の大きさに気づかなかった。

そして、このままずっと世界は変わらないとの思いを持ち続けたはずだ。

ある日突然、日常が様々な禁止条項で縛られ、自由が制限されることはうんざりだが、それを乗り越え、あるいは共存し、私たちは生きていかねばならない。どん底の苦しいときこそ明るい未来を信じて、その準備を始めたい。現実が厳しく辛いが故に、未来への期待は高まる。ブルーインパルスは、大きい希望を抱くことを教えてくれた。

将来この騒ぎが収束し再び自由な世界が訪れたとき、その喜びは、辛い経験を乗り越えたことによってより深くより大きく胸にしみるに違いない。

一日も早く三密が恐くない日が訪れ、世界中の人々との交流を再開すること。人生の様々な行事を心ゆくまで堪能すること。愛する人と過ごす時間を持つこと。新しい世界でもう一度チャレンジすること。それらができるようになる日を心から待ち願う。

# 私の使命

吉田　弥生

小学生の時、道徳で「何のために生まれてきたのか考えてみましょう。」という授業があった。当時の私にはあまりに難しく、何を答えたか、先生がどういう指導をされたかも覚えていない。とにかく難しい課題だった、という思いと何か答えを見つけなければ、と子供ながらの焦燥感からか、心のどこかに棘のように刺さった気持ちを抱えてきた。あれから何年も経ったが、自分が何のために生まれてきたのか、答えが見つからなかった。

つい最近までは。

三年前、中学校の修学旅行で広島を訪れた。現地の活動の一環で、戦争体験の語り部の方に当時のお話を伺った。その方は小学生の時に広島市内の自宅にいて、原爆の被害を受けた。耳をつんざく爆音、目に刺さるような強い光、焼けるような熱風、当時は何が起きたかわからなかったという。今思えば一瞬の出来事だったのだろうが、永遠にも思えたという。我に返った時には、家族を失っていた。何とか生き延びたご自身も、被爆の後遺症に苦しみ、死にながら生きている気持だったという。その方の心中慮るに、戦争への恨み、家族を失った苦しみはいかばかりかと、感じられた。

語りの最後を、彼女はこう締めくくった。戦争から七十五年が経ち、語り部の活動を通じて今になって感じたことがあるという。

「戦争の時代に生きたということは、とてもつらく悲しいことです。当時の私は、こんな時代に生まれたことをとても恨みました。しかしあれから月日が経ち、今ようやく思うことがあります。私たち人間は、その時代時代に生きる使命があるということです。戦争の時代に生きた私には、その体験を語る使命があるのだと思います。」

ご自身の生きている意味を悟るまで、どのくらいの時間と、つらさや苦しさを経てこられただろうか。語り部の方のお話を伺いながら、ふと小学校の道徳の授業で問われた「何のために生まれてきたのか」という問いを思い出していた。心に刺さった小さな棘が、さらに気にかかり、考えずにはいられなかった。

「私は、何のために生まれてきたのだろう」

　語り部の方のお話を伺い、改めて自問してみる。しかし残念ながら、小学生の時同様、当時中学生の私には、生まれてきた意味をまだ見つけることができなかった。ただ何となく生まれてきて、なんとなく生きている。強い使命感、目的意識を持っているとは言えない状態だった。

　そして迎えた去年の春。世界は新型コロナウィルスにより、日常を失った。パンデミック、というセンセーショナルな状況の下、私は「虚無」という言葉の意味を初めて体感した。この一年、できなかったことを数えたらきりがない。学校生活、部活、発表会、旅行、行事、通常の日々を過ごしていたら得られただろう、友達との他愛もない会話。昨年の今頃、日を追うごとに新型コロナウィルスのニュースは増え、それと反比例するように手元の手帳の予定は消えていった。日を重ねるごとに取り消し線が増えていった手帳は、三月には一斉に全て消え、そして四月以降は全くの白紙になった。そして、いつしか手帳を開くことすらなくなってしまった。「虚無」というのはこういう日々を示すのだろうと、当初は白紙の手帳を見ながら、ただ毎日を淡々と過ごした。ニュースに映る街の風景は、よく知った風景であったはずなのに、どこか遠い国、というより映画の中の世界のように遠くに感じられた。

当時、私にとって、新型コロナウィルスは未来を阻む脅威であり、無意味な時間を生み出すものであった。

「どうしてこんな時代に生まれてしまったのだろう。」

社会に向けて、怒りや虚しさを投げても、それは行き所がなく、ブーメランのように自分に戻ってきた。

そんな時、フランスの国立高等専門研究機関で「黒死病」の講師をする歴史家、パトリック・ブシュロン教授の言葉を目にした。

「困難な時代において、人は歴史家を頼りにします。」

人間は困難や未知なるものに直面した時、過去の歴史からヒントを探し、そこから得た学びをもって未来を切り開こうとする。パトリック・ブシュロンのこの言葉は、コロナの惨禍において、どう対応すべきか分からない私たちに、方向性を示した。人類はこれまで幾多の苦難を乗り越えてきた。人間が素晴らしいと思うのは、経験から知識を得、成長していけることだ。

人類は、二度の世界大戦を経て、平和の大切さを学んだ。国際連盟を通じてグローバルに紛争と平和を考えるようになった。国家間に紛争の火種があっても、軍隊を用いず、会話を重ねることによる平和的解決を選ぶようになった。災害、戦争、病気、それぞれの苦難において、歴史を振り返って、自分なりの指針を得、さらに自らの経験を重ねて後世に伝え続けている。それは人間の知恵というよりもむしろ、その時代を生きた人の使命だ。原爆の語り部の方も、同じ思いだったかもしれない。

「戦争の時代に生きた私には、その体験を語る使命がある。」

つらさや苦しさ、そしておそらく時代への恨みを超えて、語り部の方はご自身の使命を見出された。その思いと、パトリック・ブシュロンの言葉を聞いて、私は長らく胸に刺さっていた小さな棘が取り除かれるのを感じた。

コロナ禍を生きる私の使命は、できないことを数え、時代を恨むことではない。今を生きる責任として、この時代を生きた経験を後世につなぎ、次の時代に生かすよう努めることだ。

自分の生きる意味を悟ったこと、これが私のコロナ禍で得たものだ。ではその学びとは何だろうか、とさらに深堀りする。コロナにより、人類は新たな課題を与えられた。私はそれを「格差」だと考える。病院へのアクセス、ワクチンの接種、仕事、学習環境、貧富など、世界にすでに顕在化していた問題はもちろん、平常時には見えなかった問題まで、その格差が顕著となったことが、コロナが生み出した状況だ。持つものと持たざる者。例えば教育環境を例に挙げても、比較的格差の少ない日本ですら、その環境格差は大きい。

奇しくも世界が共通して取り組むSDGsのスローガンは誰一人取り残さない社会の実現、だ。その達成目標まで残り十年となった今、取り残されて人々の問題を顕在化させたコロナが蔓延したことは、私たち人類への挑戦か、成長へのヒントか。この課題をどう捉え取り組むか、私たちは試されている。

差を埋めていく行動。自分ができることは何か。

考えた結果、私は手作りマスクの寄付をした。寄付の先に選んだのは途上国の子供たちだ。途上国の子供たちはもともと学校に通いにくい状況であった。コロナによりさらに過酷な状況となるだけでなく、もしも彼らが感染すると、病院へのアクセスができないために、命に直結する事態となる。感染の知識も乏しいため、家族やコミュニティーがクラスターとなり蔓延するリスクもある。状況を未然に防ぐ貢献がしたい、という理由も含め、手作りマスクを途上国に寄付するに至った。

私がコロナから得たもの。それは自分がこの時代に生きる意味を知り、そのための行動を起こせたことだ。

コロナは人類にとって越えられない困難ではない。かつて先人があまたの苦難を乗り越えて、歴史のバトンをつないできたように、私たちは近い未来にコロナを克服し、新たな学びを得て、未来へバトンをつなげるはずである。

# 日常にある幸せ

山上　由紀子

子どもの頃、試験の前やバスケットの試合の朝は仏壇の前で手を合わせた。その時の自分は殊勝なつもりだったが、私の心の奥に潜む人間的甘さや軽さを祖母は見抜き、こう苦言を呈した。「都合の良い祈りでは、ご先祖さまには届かん。大事なのは常日頃からの心掛け！」と。

〝常日頃からの心掛け〟この一年余り、祖母の言葉を何十回、いや何百回噛み締めただろうか。コロナウイルスの世界的な流行で、私たちの日々の生活は大きく変わることを余儀なくされた。

訪問介護の仕事を始めて十五年になる。世間で言われるように大変な仕事ではあるのだが、利用者さんやその家族から労いの言葉をかけられると、苦労は一瞬にして吹き飛んでしまう。始めた当初は戸惑いも多かったが、今は天職に出合えたと断言出来る。

ただ、この一年余りはコロナに翻弄されてしまっている。もともと余裕のない人数で運営されていた事業所だったが、毎朝の検温で微熱があるスタッフは出勤が許されなくなった。従来であればそのまま勤務していたのだろうが、三十七度五分を超えていれば自宅待機となってしまう。夏の猛暑の入浴介助は、マスクのせいで頭痛や貧血状態になるケースが増えた。シフトが上手くまわらなくなり、特定のスタッフにしわ寄せが行くようになってしまった。言葉には出さずとも、皆がぶつけようのないストレスを感じていた。

でも、やはり一番ストレスを感じていたのは、実際に介護を受ける利用者さんだったと思う。脳梗塞の後遺症を抱えた方、交通事故によって車椅子生活になった方、ALS（筋萎縮性側索硬化症）と十年以上闘っている方…基礎疾患があると重症化するのがコロナの特徴でもあるので、互いにナーバスになり、何をするにも最初から諦めが勝ってしまう状況になってしまった。

とりわけALSを患っているKさんは、前向きで行動的な性格だった。県外に買い物やコンサートに出掛けるのが大好きで、私自身がヘルパーとして同行することも多かったので、無念さが手に取るように分かり心が痛んだ。いま現在健康である私たちが過ごす一日と、病気と闘っている方の過ごす一日では意味合いが全く違う。それを肝に銘じて、一人一人と向き合わねばと再認識させられた。出来ないと諦める前に、何とか実現する方法を探し出す努力をしたい。

しかし、私生活に目を向けるとマイナス面ばかりではなかったと思う。結婚して四半世紀が過ぎたが、お世辞にも夫婦関係は良好とは言えない状態だった。夫は工場の三交替勤務で、すれ違いが多く会話は極端に少なかった。二人の娘の教育について相談したくても、互いに忙しいのを口実に目を背けてしまっていた。

ところが、コロナの影響で夫の工場の稼働が極端に減った。夜勤や残業がなくなり、家で顔を合わす機会が増えた。〝亭主元気で留守が良い〟なんて言葉もあるが、あれは詭弁なのだろうと思う。幾ら長く連れ添っている夫婦であったとしても、互いの心の奥底は言葉を交わさないと分からないことがある。

「こんなに遅くまで頑張ってくれてたんだね。いつも本当にありがとう」。夜の十時過ぎの帰宅が続いたある日、リビングのテーブルにお花とメッセージカードが置かれていた。自然と笑みがこぼれて、自らの行動を顧みるきっかけとなった。言葉には言霊があると言うが、枯れかけていた私の心に潤いを与えてくれた出来事だった。

また、時間があったことで夫はソロキャンプを始めた。もともとアウトドア生活が得意で、テントを手際よく立てたりバーベキューの下準備をしたりして楽しむようになった。野外であれば密にはなりにくいし、お金もあまりかからないので一石二鳥の時間の過ごし方だ。それを動画配信するようになり、BGMやテロップの編集を自らこなした。

それに興味をもったのが娘二人で、父親の見せる意外な一面に驚きが隠せないようだった。振り返ると思春期を迎えた辺りから会話が減っていたが、コロナ禍が与えてくれた怪我の功名だったと言えるだろう。しばしばキャンプに同行するようになり、釣りや料理を楽しんでコミュニケーションを図るようになった。

《そう言えば、私も昔はこんな風に外で遊んでたな…》私はお父さん子で、父に連れられて渓流釣りや海水浴に出掛けた思い出が甦った。超が付く田舎で不便さは否めないが、都会に比べて空気が澄んで時間がゆったり流れる。スマートフォンもSNSもない時代なので、目の前にいる人との会話を楽しむことが出来た。

そんな娘二人は、今春、長女が就職をして次女が奈良の大学に進学した。長女が就職したのは、私が働く会社の別の支所だった。彼女が小学生の頃、宿題の作文で《お母さんのような介護士になりたい！》と書いてくれた。好きなことを見付けて努力して欲しいと願っていたが、同じ道を選んでくれたことが誇らしかった。子育てをしているつもりだったが、本当は育てられていたのは親の方だったのかも知れない。

日本国内においても多くの感染者や死者が出て、今もなお収束の気配が見えないコロナウイルス。痛みの中からたくさんの学びがあったが、最も危機に思えたのが政治の劣化ではないだろうか。自分たちは安全な場所からの御願いばかりで、有効な対策を打ち出せずにワクチン接種でも世界から大きく後れをとった。ウィズコロナ、アフターコロナ、ステイホーム週間、まん防、緊急事態宣言が出ている中で繰り返された大人数での飲食。危機感を微塵も感じない会見と、特権階級かのような言動には呆れてしまった。だが、こんな政治の劣化を生み出したのは私たち有権者でもあるのだ。

近年の国政選挙の投票率は、五十パーセントを切るのが当たり前になった。「誰に入れても一緒」「自分一人が行っても何も変わらない」等、無関心こそが、今回の悲劇を生んだ要因でもあるのだ。特に、リモート授業や様々な制約を強いられた若者には声を上げて行動に移して欲しい。その小さなうねりが、やがて大きな波となり強固な岩をも砕けることを知って欲しい。

昨年今年と、地域のイベントやお祭りの中止が相次いだ。密集を避けるという意味では仕方がないのかもしれないが、もう少しやりようがあったのではないだろうか。十月にある地元神社の秋祭りは、三百年以上続いてきた伝統ある祭事だ。歴史の全ては知らなくても、当時の流行り病や自然災害が起きぬことを願って建立されたと聞く。同じように悔しさを感じた住民も多かったようで、来年こそはという熱い思いを語る人が多かった。

私自身はどうだったかと言えば、子どものスポーツの試合やレジャーを優先して、地域の行事をなおざりにしてしまっていた。祖父母や曾祖母からたくさん話を聞いたはずだったのに、それを次の世代に伝える役目を怠っていたのだ。わざわざ遠方に出掛けなくとも、素晴らしい景色や人々の温もりが近くにあった。

冒頭に書いたが、祖母の言う〝常日頃からの心掛け〟とはこのことなのだろう。日常に幸せは溢れているのだけど、それに気付かない生き方をしてしまっていた。コロナの蔓延によって、健康の大切さや人と繋がる意味を知ることが出来た。

歴史は繰り返すという格言があるが、今回のことで学ばなければ、数十年後に同じことを繰り返してしまうだろう。もし神様という存在がいるのならば、最後のチャンスを与えてくれたのだと思う。幸せの形は各々によって異なるし、身近にある幸せに気付ける自分でいたい。

この逆境をどう捉えてどう活かすかは、これからの私たちに与えられた使命なのだ。長かった暗いトンネルを抜けた暁には、確かな希望と強い信念を持って生きられる自分でいたいと願っている。

# 第二章　自身と対峙するとき

## 不安のアラームを聞くために

妻が不安障害になった。パートナーとしてできる限りのことはしつつも、自分の行動が制限されることに苛立ちがつのる日々。しかしある時、雑誌の取材で予想もしなかった考えに出会い、自分の言動を振り返ることになる。

## 生き直すということ

入院したとき、東日本大震災があったとき、そして現在。それまでの日常が突然変貌するのはこれで三回目だ。一方で、夫の手を握りその確かな存在を実感する。コロナ禍の中で、人との距離感や連帯と分断に思いを巡らせる。

## 見えない刺《とげ》

コロナによって強いられた「日常」は、私に人との距離を考える契機を与えてくれた。中学に入った時は疎遠になった幼馴染とは、離れていても理解し合える関係へと変化した。寓話から学ぶ、それぞれのちょうどいい距離感とは。

## 目尻に刻むしあわせ

二十代後半に差し掛かってから、理想と現実の狭間で苦しむ私。手術の疲れが心までを蝕み、負の感情に支配されるが、メッセージアプリに届いたいくつもの優しさに支えられる。私が誕生日を喜んで迎えられるようになったその理由。

## 家族の歴史と向き合う

父と母と叔母、三人の法要をまとめて執り行う計画を立てた。何か記念となるものを残したいと、法事の引き出物として一族の足跡や三人の思い出をまとめた冊子を作ることにした。作業は難航したが、得られたものも大きかった。次は自分の番だ。

# 不安のアラームを聞くために

冨士原　憲昭

「ピィーピィーピィー」と小刻みに鳴るのか、

「ピィーーーーー」と鳴り響くのか、

それとも……。

「ブゥーー」と鳴るのか、僕は知らない。

でも、確実に彼女の心の中では鳴っているらしい。朝起きると、目覚ましのアラームよりも先に、不安のアラームが彼女を襲う。

そして、ひどいときには、もう布団から出られなくなってしまう。何をするわけでも、何かに追われているわけでもない。ただ漠然とした不安が思考回路を飲み込むのだという。

そう、僕の妻は不安障害なのだ。

出会った頃は、なんでもポジティブに考えられる人だった。それが三年前、子どもを産んだときから、だんだん調子を崩し、ある日、自分で運転し出かけたはずが、急に怖くて運転できなくなり、立ち往生してしまった。それ以来、自分で運転するのはもちろん、一人で出かけるのも、多くの人が集まるショッピングモールに出向くのも出来なくなってしまった。

病院に通う日々が続いた。僕は不安症の文言が書かれた、あらゆる本を読み漁った。そこに書かれてある「パートナーが出来ること」という項目。それは病気を理解し、彼女に寄り添うことだと、どの本にも書いてあった。

だから、自分なりに考え出来るだけのことはした。朝に不安がひどいと言われれば、仕事も休んだ。子供の世話も、家事も、何でもした。いや、してきたつもりだった。

でも、同時に、妻のことを心配しつつも、なんでこれぐらいのことが出来ないの？　きょうも朝起きられないの？　自分に甘いだけじゃない？　と愚痴とため息が止まらない、もう一人の自分がいた。妻のせいで自分の行動が制限されることにストレスが溜まっていた。

そこに来ての、未知のウイルスとの遭遇。妻の不安が更なる大きなものへと変化したのは言うまでもない。手洗いうがいはもちろん、外で買ってきたものは、すべてアルコール消毒シートで徹底的に拭くのが日課となった。外食も、レジャーも皆無。人との接触も、必要最低限に抑えていた。妻は、ごめんね、といつも謝りながら、つぶやく。

「怖いんだよね……」

それを言われると、僕は何も言えなくなる。

そんな、ある日、仏教の雑誌の仕事で、コロナ感染体験者である、お笑い芸人のたんぽぽ・白鳥久美子さんにリモートで取材する機会があった。そこで彼女が語ってくれたのは、壮絶な隔離生活。外に出られないという苦しみ。そして、何より、コロナ感染者というだけで冷たい目で見られるということ。暴言や嫌味、挙句の果てには、家のポストを勝手に覗かれるなど怖い思いもしたのだという。

でも彼女は同時に言っていた。

「嫌なことをするのも人だけど、それを救ってくれるのも、また人でした」と……。

実際、自宅から出られないことを知った家族や友人、芸人仲間からは、食材や生活用品、励ましの手紙など、たくさん送られてきたんだとか。コロナで大変な思いをしたと同時に、自分は、たくさんの人に支えられて生きているんだということを実感したのだ、と教えてくれた。

一日を生きるというのを当たり前のように過ごしてきたときは気づかなかった、当たり前の有り難さ。仏教雑誌のこのときのテーマが「コロナからの伝言」だったため、十分すぎるぐらいのコメントだった。

でも、この取材で、僕が一番、心に響いたのは、これじゃない。彼女が最後に口にした言葉。それは、嫌なことをしてきた相手に対しての言葉だった。

「今だから思うんですけど、嫌なこともされたけど、それは、その人の立場に立てば、不安だからするんだろうなって。相手の気持ちも分かる気がするんです」

正直、予想もしていなかった。「相手の立場になって考えること」――。それ自体は、小さいころから大事ですよ、とされている、ひとつの教えなのかもしれない。だけど、嫌なことをされた相手にも、その人の立場になって考えられるというのは、なかなか出来ることじゃない。ましてや、私たち人間というのは、相手の立場に立つことの大切さを知識としては持ちながらも、どうしても自分よがりの目線に立ってしまいがちな生き物である。それなのに、そう思えたというのは、彼女が実際に、向こう側から見える景色を見たからだろうと僕は思う。

白鳥さんの言葉が何度も耳を打つ。そのたびに、妻の顔が浮かんだ。

「不安なんだよね……」

その言葉に、僕はどれだけ寄り添えていただろうか。妻の立場に立つことが出来ていただろうか。どれだけ妻のためにと、車を代わりに運転したり、仕事を休んだり、自分の時間を犠牲にしたりしても、結局出てくる言葉がマイナスなら、それは妻に寄り添っているとは言えないのではないだろうか。結局、僕は自分からの景色しか見ていなかったのだ。

コロナという未知のウイルスは、私たちの日常をいとも簡単に奪っていた。でも、同時に、白鳥さんが言うように、親の大切さ、仲間の大切さ、つながり、普段はありがとうとも思わなかった、当たり前の有り難さ。その目に見えないものの大切さを、改めて考えるチャンスを与えてくれたのかもしれない。

ただ、僕は思う。その根底にあるのは、「相手の立場に立つことの大切さ」を示してくれているのではないだろうか、と。

人に優しくされたときに、どう考えるのか。「なかなか会えなくて寂しいよ」と言われたときに、どう言葉を返せるか。いつも文句を言わず、荷物を届けてくれる配達員に、何を思うのか。休みなしに働いている医療従事者に対し、何を考えるか。相手の立場に立つことの大切さが、そこにはあるのではないだろうか。

コロナに感染したことがない人に、コロナの感染者の気持ちになりなさいといっても、それは無理だろう。医療の現場に携わったことのない人に、その大変さを感じてみようといっても無駄かもしれない。「若者がダメだ。感染の原因だ」と決めつけている人に、もう戻ってこない青春時代が奪われた彼らの気持ちもわからない。

でも、だからといって、それでいいわけがない。相手の立場に立つことは大切がゆえに難しいもの。僕自身、妻に対して、そうであるように、僧侶でありながら、なかなか出来るものでもない。それでも、ひとり一人がそれぞれに寄り添い、相手の気持ちを考える。一度でいいから、自分ではなく、向こう側に立って、その景色を見てみる。それが出来れば、それだけで見える世界が変わってくるのではないだろうか。

今、僕が妻に出来ること。それはやっぱり、自分というベクトルを少しでも彼女にかたむけること。すべてを理解できなくても、彼女の立場から病気と向き合うことから、始まるんだろうと思う。

「　　　」……。

不安のアラームの音を僕は知らない。

でも彼女からの景色を見てみようと思う。今より輝く素敵な未来を信じて……。

# 生き直すということ

森　理恵

コロナ禍によってそれまでの日常が突然変貌した時、心のどこかで「また」という思いが湧いた。以前に手術のために入院をしたことがあり、病室のあるフロアの外へ一ヶ月間一歩も出られなかった。自分ひとりが閉じ込められていると感じる孤独な心に、「毎日祈っています」というクリスチャンの同僚からのメッセージが沁みた。東日本大震災の時もそうだ。実際社会の活動は一時停止したし、動き出した後もしばらくは閉塞感に覆われた。鞄の中に震災グッズを携帯し、本当は自らの日常はこうもリスクに囲まれており、簡単に崩れてしまう脆いものだったのだと気づかされて落ち着かない日々を過ごした。だが、コロナ禍によって再びありうべき日常が簡単に失われた二〇二〇年、私は震災グッズを携帯する習慣をすっかりなくしていたのだった。

五月一日の令和婚であった私たち夫婦は、一周年の記念日を自宅で過ごした。ベランダにシートを敷きキャンドルを灯して食事をとり、ビルの隙間から狭い夜空を二人で眺めた。夫婦ともに自宅勤務となり、自粛のためにともすれば仕事と生活だけで終わってしまう毎日を、できる限りの思い出を演出することで刻み、手元に留めようとしていた。自分たちが生きている時間があまりにさらさらと流れすぎていく感覚に怯え、思い出の数によってその重みを感じようと懸命だった。

夫は、それを喜んでくれる一方、彼自身が何か特別なことをする様子は全く見られなかった。仕事をし、日々の食事とちょっとしたスウィーツを楽しみ、のんびりソファに座ってくつろぐ姿からは、これで十分、というご機嫌な声が聞こえてくるようだった。日々のうちにも何か小さな楽しみを見つけたい私に対し、夫は二人で過ごす何事もない日常を愛していた。私がいつも、過去と未来に目をやりながら現在を測って生きているのに対し、夫はただ今を見つめて生きることができるのかもしれないと思った。

夜中、なかなか寝つけないでいる時に、起きてカーテンを開けると、静まり返った街と、所々明かりの透ける窓が見えた。あの窓の一つ一つに見知らぬ誰かが生きて、私の知らない彼らの時間が流れている。この世界で交わることのない彼らと自分の時間を意識することで、自分たちの存在の小ささがしみじみと感じられた。布団に戻ると夫は隣ですやすやと気持ちよさそうに眠っていた。布団の外に投げ出された手に手を重ね、肉厚な手の温もりを感じながら街の明かりにうっすら照らされる寝顔の、鼻から漏れる規則正しい寝息に耳を傾けていると、そこに夫が存在している現実感が突然立ち上がってきた。それは驚くほど確かなものに感じられた。

コロナウィルスによって日常は変化した。失われた多くの機会につい思いを馳せながら予測のつかない日々に対峙し、情報を吟味するようになった。閉塞された現状を意味づけられないまま、多くの制約の中でも可能な事や新しい挑戦に次々と取り組み、なんとか前に進もうとした。そんな世の中の移り変わりの中で、夫の存在がとてつもなく近くに感じられた。自分をとりまく世界の像とは関係なく、彼がここに存ることを伝える確かな手の感触によって、自分の体も重力を取り戻し、今この現実を生きていることを実感した。そこにはコロナ禍と相まって、いつかはこのぬくもりも失う日が来るのだという想念も入り混じり、生きていることへの切なさと愛おしさに満たされた。

何かを為そうとしたり、意味を創り出そうとしすぎることが、逆に感じとる力を失わせることもあるのかもしれない。顧みれば、夫とは一緒に何かを為さずとも、沈黙の内にお互い見えない何かを交換しながらそれが積み重なり、厚みをもってきたと感じるものがある。それが共に過ごす時間の重みであり、お互いの生を証明する絆であるように感じられた。自分が生きる日々の現実と重なり合って、もう一つの時間が確かに流れていることを心の片隅に置いておくことが、何かを求めようとする心の焦りをやわらげ、今ここで生きていることに落ち着かせてくれた。

コロナ禍はまた、人との思いがけない距離も明らかにした。親兄弟や友人とさえも、同じコロナ禍という単語でくくられる実際の状況は全く異なり、何を危険としどこまでを許容するのか、情報の選び方によって捉え方が各々異なるものだから、人と会うか、会わないか、ということでさえ、一々互いの考えをすり合わせるための対話や、気遣いの結果の沈黙が必要となってくる。そこには、共有しきれない現実や認識の差、直接会えず限られたコミュニケーションしかとれない長い空白の時間があった。人と自分は違うのだという当たり前のことが小さな出来事や判断の中にはっきりと感じられた。

国語科教員として勤める高校で、生徒たちとカミュの『ペスト』を共に読んだ。幾度かの読み返しの末、他者と一体化しきれない人間の孤独と、他者への共感という実感から生じる人々の連帯を発見することとなった。だが、オランの町の保健隊がペストという理不尽に対して共に抗ったのに対し、人との接触自体を避けなければならないコロナウィルスの性質や、それぞれの生活や仕事の分化が進んだ現代の都市においては、連帯は何によって可能となるのだろうか、と考えた。

この三月、かつてない程久しぶりに再会した友人とそれぞれの日々を語り合う中で、お互い思いがけない問題に見舞われながらもなんとか一年を乗り越えてきたことを知った。互いをねぎらいながら、彼女のことが、離れていた間も共に生きる仲間であり続けていたのだと改めて実感された。

生徒たちは、作品の登場人物たちの中に様々な共感の諸相を発見していた。個人的な動機によって他者の感情を受け止める感情の器が生まれることがあること、他人の身に起きた不条理への同情が、その不条理に抵抗しようとする心の連帯を生むこと、そして、それぞれが苦悩を抱えながら生きていると実感することで、人は人とのつながりを感じ、孤独から逃れ得るという可能性。離れて薄らいだように感じた友人との絆も、互いの見えない時間を想像し、共感を通して確かめ直すことができたように思われる。

コロナ禍は連帯と分断の諸相を明らかにしてきた。別れの喪失感が、亡き人を愛する人の心を感じさせ、医療従事者への様々なエールやネットを使った協働作業、拡散される恩送りの場面など、他者とつながろうと模索する人々の姿があった。同時に、置かれた不遇を誰かのせいにしたり、不安にかられた正義感からの言動が深い亀裂を生む様も国内外で見られた。それらを伝える一つ一つの声は、一時心を動かされた後、過ぎ去ってしまうのだが、それを聴く心の中で次第にその声が重なり厚みを持つうちに、誰もがそれぞれに異なる戦いを戦っている世界なのだという一つのイメージが生まれた。それは、自分がたくさんの人々と少しずつ時間を共有しながらこの時代をともに生きているのだという認識でもあった。

人の想像力は時に諸刃の刃ともなるが、誰もが各々の状況を懸命に生きているという当たり前のことを想像することが、同時代を生きる者として自分と他者の生を平等に照らし合わせてくれる。遠くの誰かに共感し、届かないかもしれない祈りを持つことに何の意味があるのかと無力感に包まれることもある。だが、小さなウィルスが、人を介してあっという間に世界中に広がったことは、人が気づいていない無数の糸によって結びついていることを象徴しているようにも思われた。絆はあると思わなければ消えてしまう。人も、人以外のあらゆるものも複雑に関係し合い、情報があふれる現代だからこそ、他者の生を想像しようとする姿勢を通して世界を見つめることが、自身の精神の自由を守り、見えないつながりを紡ぐのだと信じたい。

ワクチン接種の進んだ地域では以前の生活が戻りつつあるという。苦しい記憶は早く忘れ、失った喜びを取り戻したいと考えるのは当然だろう。忘れることによって時計の針を進められるということもあるものだ。だが、私はコロナ禍の閉塞状況を生きた日々と、それによって考え直すことになった自分と世界の姿を忘れたくない。

長田弘の「再生再考の再」という文章がある。そこでは山村暮鳥の「地を嗣ぐもの」という詩をひいて、「再」という言葉について以下のように述べられる。

「ここでの再は、もう一度、再び、というだけの意味ではありません。自分の手で泥を捏ねて、自分で世界を作ってゆく。そして、それを自分にとって確かな世界として感

じられるようにする。（中略）人の生き方の基本にあるのは、再創造なのだ。」（『なつかしい時間』岩波新書二〇一三）

東日本大震災から十年。私は鞄の中に震災グッズを携帯しなくなった。だが、常に日常はリスクと共にあるという感覚や今もなおあの時の苦しみが続いている人々がいる社会なのだと、この世界を意識するようになった。コロナ禍の中、夫の手のぬくもりを感じ、同じ時代を生きる人々と自分がつながりを持つ者であると知ったことは、あらゆるものが関わりあって成り立っている世界の中で、自分は地に足をつけて自身の生を生きるのだということを考え直させた。

多くを忘れながら、しかし、心の底に沈み積もってゆく記憶の断片によって、何度でも自分の生を確かめ、生き直し続けることが、人が生きることなのだと思った。

# 見えない刺《とげ》

バハシュワン　沙耶

二〇二〇年四月七日。

この日を境に私の「日常」は、非日常へと変わってしまった。「日常」とは何だったのだろう。

話題の店の長蛇の列。

友人とカフェで会話を楽しむ時間。

学校へ通ってクラスメイトと過ごす毎日。

ライブやコンサートの一体感。

緊急事態宣言を機に、当たり前だった「日常」は体温を残したまま私の前から消えてしまった。「非日常」が日常となったのである。

街は臨時休業の貼り紙で埋まり、SNSは「#お家カフェ」の投稿で溢れた。授業はパソコン越しの関係に代わり、ライブやコンサートはクラスターを生む元凶とされた。確かにあった一体感《リアリティ》は、オンラインによる疑似体験《バーチャル》へ変わった。

先が見えない不安。あまりにも違和感のある生活。まるで空想の世界に放り出されたような、そんな気持ちにもなった。

未知のウィルス、コロナに私たちは為す術もなかった。一日も早くこの生活に慣れようと、誰もが思ったに違いない。私もそのうちの一人だ。しかし私にとっては、この強《し》いられた「日常」は悪いことばかりではなかった。制約された生活は、自らと向き合う時間を生みだし、人と人との関係―人との「距離」について考える契機を与えてくれたからだ。

私たちは、人との距離をどのようにして測って日常を過ごしているのだろうか。「距離」といえば「長さ」で測るのが一般的だが、人間関係の場合「深さ」で測ることもあるだろう。前者を「物理的距離」と名付ければ、後者は「心理的距離」と呼べるかもしれない。この両者にはどのような関係があるのだろう。距離が離れてしまうと、人は心も離れてしまうのだろうか。

先日、ふとこんなことを思い出した。私には、かつて同じマンションに住んでいた友人がいた。小学校で出会った彼女とは、放課後には連れだって駄菓子屋へ行き、公園に行くというのが日課といえるほど仲が良かった。ところが、中学校に入ると、お互い部活動に明け暮れる日々が始まり次第に疎遠になってしまった。放課後によく遊んでいた関係からほとんど話しもしない関係となった。ほんの少し距離が離れただけなのに、随分と遠くに行ってしまったような、そんな気持ちになった。思えばそれが、私が人との距離について考える初めての経験だったのかもしれない。

その後彼女とは、三年生で再びクラスが一緒になった。クラス発表の後、賑わう廊下でどちらからともなく駆け寄ってお互い喜んだことを今でもよく覚えている。それは、近くにいるという物理的距離が、二人の心理的距離を再び近づけたからだろう。

ところが、そのような近くにいるということで、心が満たされるような感覚はあまり長く続かなかったように思う。

お互いが自らの人生に向きあい、高校、大学と別々の道を選んでも、私たちの関係は、不思議なことに全く変わらなかったのである。むしろ、物理的距離が二人の距離を引き離しても、心の距離はますます近くなっていった。二人は大学でやりたい事や、将来の夢について、時間を忘れるほど語り明かした。

二人の心の距離は、新型コロナの流行により、一層近づけられたように思う。感染を予防するため、人との距離を取るよう促されればされるほど、お互いの心は密になった。時々電話して、何気ない日常の出来事や、この状況が収まったら行きたいところ、新しい趣味などの話をするだけにも関わらず、不思議と隣にいるように盛り上がる。制約されているにも関わらず、否、制約されればされるほど、心の距離が近づいていくような、そんな気持ちにすらなった。

「離れていても理解しあえる関係」へ――。

私の中で、一体何が起こったのだろうか。

ショーペンハウアーの残した有名な話の一つに、ヤマアラシの寓話というものがある。それはこんな話だ。冷たい冬のある日、ヤマアラシの一群が、おたがいの体温で凍えることをふせぐために、ぴったりくっつきあっていた。しかし、まもなくおたがいに刺《とげ》の痛みを感じ始め、また分かれた。温まる必要からまた寄りそうと、第二の禍がくりかえされた。そしてとうとう、ヤマアラシは寒さと刺の痛みの両者から逃れられる「ちょうどいい距離」を見つけ出した。

人間関係において、「ちょうどいい距離感」はとても重要である。今まで私は、近くにいればいるほど、心の距離も近くなると思っていた。距離が近ければ、心も離れないと思っていた。

けれども、二人がお互いにとって「ちょうどいい距離」を見つけたことによって、それは終わりを迎えたのである。近くにいなくても、心は密になれる。むしろ、心が密になる「ちょうどいい距離」を私たちは見つけられたといってもよいだろう。コロナ禍は、私にそのことを気付かせてくれる契機となったのである。

「ちょうどいい距離」という考え方は、人間関係に限らず、グローバル化の進んだ今日の世界全体にとっても大切な考え方だと思う。

国や地域がより近くなり、モノ、ヒト、ワザ、情報が活発に移動する現代社会。ここでは分業や協業のメリットが生かされ、経済的な結びつきが、これまで以上に強くなっている。

他方、大量生産された安価な商品は、伝統的手法を受け継ぐ生産者たちを苦しめ、不法な就労や知的財産の侵害、海外からの不正アクセスは、社会の大きな問題となっている。

こうした問題の背景には、経済的な結びつきが強まる一方で、縮めることのできない、各国、地域の歴史、文化、政治的な距離が存在しているからだろう。この隔たりは、サミュエル・ハンチントンの言う文明の衝突の危険をはらんでいる。文明の衝突を回避する上でも、「ちょうどいい距離」を考えることは重要だ。どんな国や地域にも、それぞれ固有のバックグラウンドがある。それを認めあうことが、「ちょうどいい距離」を見つけることにつながると私は思う。

「ちょうどいい距離」は、国や地域によって様々だ。仮に、日本と中国、日本とアメリカの、経済的な結びつきが同じであったとしても、日本と中国との距離、日本とアメリカとの距離は、歴史、文化、政治、制度等の相違から、異なっていて当然である。

国や地域と近しい関係であることということは、全て同じような状態になるということを意味していない。それを忘れて、不用意に近づくと、国際的な摩擦や軋轢を生じてしまう。ヤマアラシの刺だ。

今振り返って思い出すと、同じクラスで同じことを学んでいたクラスメイトも、皆が私と心の距離が同じであったわけではない。それを知って、私も様々な対応をして今日に至っている。

もちろん、個人レベルの関係をそのまま国や地域に広げることについては、慎重にしなければならないだろう。しかし、コロナ禍にあって改めて距離のある生活を強いられてみると、グローバル化によって近くなった世界において、むしろ距離のとり方の大切さを身に沁みて感じるのである。考えてみれば当たり前のことなのかもしれないが、世界には様々な考え方や価値観があって、決して画一的ではないのだが、グローバル・スタンダードという言葉に表されるように、私たちは世界を一つのスケールで測りがちだ。しかし、それは刺の危険を常に孕んでいる。同じスケールを当てはめてはいけない距離もある。個人にせよ、国家にせよ、様々な距離感で世界は構成されている。バラバラの距離感が、むしろ調和のとれた社会の実現や異文化との共生の第一歩と言えるかもしれない。

日常となった「非日常」を生活して初めて私は、見えない刺の存在を知りえたような、そんな気がするのである。

# 目尻に刻むしあわせ

岡本　奈津美

「三十路になんてなりたくないよー。」

ビールを片手に私はテーブルに突っ伏した。

「ちょっと！そんなこと言わないでよ！私の方が先に三十路になっちゃうんだから！」

頬を膨らませているのは、十三歳の頃からの友人だ。学校の帰り道に飲んでいたサイダーはいつしかビールに変わり、冗談を言って笑い合う私たちの目尻には、あの頃にはなかった皺が刻まれている。私たちはゆっくりと、しかし、着実に年を重ねているのだ。

二十代後半に差し掛かった頃から、理想と現実のギャップに打ちのめされるようになった。昔、思い描いていた二十代後半の自分は、大きな仕事を任され、結婚し、子供も一人くらいは産んでいると思っていた。しかし、二十九歳の私はどうだろうか。仕事では失敗ばかりで、出産どころか結婚さえしていない。ＳＮＳを開けば、友人の仕事の成功や、結婚出産の報告で溢れ返り、たまらず画面を閉じては肩を落とす。理想と今の自分は、まるで違うのだ。しかし、日々は待ってくれない。

常々、年齢はエスカレーターのようなものだと感じる。自動的にどんどん上がってしまい、止まることも、逆走することもできない。そのスピードの中で、私は、思い描く自分に変化できないことに嫌気が差し、目眩がして、息が苦しくなる。

そんな気持ちを振り払うために、友人と定期的に会っては、楽しい時間を過ごすことで、不安を笑い飛ばしていた。しかし、何気ない日常は、未知のウイルスの登場とともに、いとも簡単に変化してしまった。

「入院中は面会禁止です。」

変化というものは、意図せずとも起きてしまうことがある。私は、コロナ禍に自身の体のために手術を受けることが決まった。危険なウイルスが蔓延しているこの世の中のことを考慮すれば当然のことだが、「面会禁止」という言葉ほど心細いものはなかった。
手術を受けるということには、それなりにリスクが伴う。特にこのコロナ禍において、心身ともに疲弊する治療を受けることについては、不安が多かった。もちろん手術ともなれば、病院側は万全の体制で準備を整え、受け入れてくれる。しかし、もし術後の免疫力が下がった時、偶々コロナに感染してしまった場合、私はどうなるのだろうか。まだ起きてもいない未来を想像しては、悪い予感に支配される。だって、私はまだ二十九歳で、思い描いていた未来を一つも現実にできていない。そんな心配を他所に、あっという間に手術の日が決まった。私は、たった一人でこの事態を乗り越えなければならない。

医療従事者の方々のご尽力により、手術を無事に乗り切ることができた。術後は説明されていた通り、吐き気の症状や熱が出た。最初から説明していただけていたのでこれは仕方ないなと思う。心も体も疲れていたので、起きたり眠ったりを繰り返しながらその日は過ぎて行った。そして翌日の朝、看護師さんの「おはようございます」の一言で目が覚める。私にもちゃんと朝が来たのだ。手術は無事で、えっと、何だっけ？あ、そっか。なんか体が重い気がする……。そんなことを考えているうちに、看護師さんから検温するように促され、体温計を脇にはさんだ。すると、高熱があった。「昨日の今日だから下がらないかもしれない」と言われ、若干の不安もあったが納得する。

そして術後二日目。さすがに今日はもう大丈夫だろうと思い、検温すると、なんと、昨日より熱が上がっている。かなりの高熱だったので、看護師さんから再度検温するように言われるが、結果は変わらなかった。下がってもいいはずのタイミングで、熱が下がっていないという状況は、はたして大丈夫なのだろうか。

その日はずっと体が重かった。何より、体が疲れていると心まで蝕まれる。小さなことでさえ、すぐに良くない方へ気持ちが転がってしまうのだ。不安をぶつける場所がない私の心の中は、負の感情が何倍にも増幅した。ふと、病院からもらった資料に目をやると、赤で強調された「面会禁止」の四文字が飛び込んでくる。人をひとりにさせてしまうコロナウイルスに腹が立ち、私はベッドの毛布に顔をうずめた。

しかし、しばらくして、やはり負の感情ばかりに流されたくないと感じた私は、〝これじゃダメだ！気持ちだけでも元気になりたい〟と思い、おもむろにスマートフォンのメッセージアプリを開き、入院前に、手術を受けると知った友人たちから送ってもらったいくつかのメッセージを見返した。

そこにはたくさんの激励のメッセージの他、神社へ行ってお参りをして書いてきてくれたという絵馬の写真や、入院中、外に出られない代わりに撮ったという美しい景色の写真、今日の私の星座占いが一番良かったと励ましてくれる微笑ましい報告、何よりも、「がんばれ」や「待ってる」という言葉で溢れていた。五臓六腑に染み渡るような優しさを、私は沢山の人から与えられているのだ。

その中に、あの十三歳の頃からの友人から届いたメッセージもあった。

「退院してコロナがおちついたら、また飲みに行こうね」

そう締め括られた文章を読んで、数ケ月前のやり取りを思い出した。

「三十路になんてなりたくないよー。」

三十路になれなかったらどうするのだろう。病院のベッドであおむけになり、無機質な天井を見上げながらそう思った。毎年、ひとつずつ年を重ねることは決して当たり前のことではない。入院して治療していただいている現状と、コロナで苦しむ方々のニュースを日々見ている今の私が、数ケ月前の自分の発言に、腹を立てる。

私は、年を重ねるという事実にだけとらわれて、年を重ねることができる素晴らしさを忘れていた。私はいつから自分の誕生日を喜べなくなってしまったのだろう。年齢を重ねるということは、素晴らしいことではないか。

年齢はエスカレーターだと思っていた。しかし、今はそうではないと感じている。年齢は階段だ。一段ずつ踏み出し、次の場所へ行くことは、当たり前にできることではないのだ。そして、私たちは決して自動的に年を重ねているわけではない。

歩いてきた階段を振り返ると、そこには沢山躓いたり、転んだりした跡がある。しかし、その度に階段から転げおちないよう、背中を支え、時には押してくれる沢山の手がある。そんな数々の手に支えられ、押されながら、また誕生日をむかえ、一段上へとのぼることができるのだ。コロナ禍の入院で私は、目の前と、振り返った時にある沢山の幸せに気付くことができた。そして、年を重ねて得た「周りにいてくれる人」という財産は、会えなくても、いつだって心は繋がっているのである。

〝年を重ねることの素晴らしさ〟、そして、生きてきた道で出会った大切な人達は、例え会うことができなくても、いつだって〝心は繋がっている〟ということに、このコロナ禍で気付くことができたのだ。

「誕生日おめでとう」

三十路の誕生日、私のスマートフォンには沢山のメッセージが届いた。数ケ月前の手術から無事に退院した私は、またひとつ年を重ねることができた。このご時世、会いたい人に会えなくても、メッセージが届くだけで嬉しいものだ。私の三十年で、背中を支え、時には押してくれた沢山の手からスマートフォンを通し放たれたおめでとうの言葉は、直接会えないこのコロナ禍における、何よりのプレゼントだ。

その中に、あの十三歳の頃からの友人のメッセージもあった。

「三十路の世界へようこそ」

先に三十路をむかえた彼女が、ニヤリとしながらメッセージを打っているであろう姿が浮かび、私は画面を見ながら思わず微笑む。

「ありがとう！三十路になれて良かった」

そう返信した私の目尻の皺には、幸せな三十年を過ごした証が刻まれている。私はこれからも、周りの人と一緒に大切に時を過ごし、年を重ね、この目尻に時を刻んで行く。例え今は会えなくとも、私はひとりではないのだから。

# 家族の歴史と向き合う

雨宮　美智子

「今日も家族全員、無事に過ごせました。いつも守ってくれてありがとう」夕方、仏壇にご飯を供え、手を合わせるたびに、私は父母の遺影にそう語りかける。父が亡くなる前年に旅行先で撮った写真だ。当時の父と同じ六十代半ばを迎えた娘を、天国の両親はどんなふうに見ているのだろうか。「美智子（私の名前）も年をとったね」「でも、まだまだこっちに来るのは早いよ」などと呟いているのかもしれない。コロナ禍の今は、スペイン風邪以来の疫病災厄が日本を、いや全世界を覆いつくしている。私たちは未曽有の現実に直面しているのだ。

父の没年は昭和六十三年、六十六歳だった。大正十一年の生まれなので、存命なら九十九歳になる。平成の世を見ることなく、その後の阪神淡路大震災、東日本大震災、さらには現在進行形のコロナ禍を経験することもなかった。銀行員として勤めた後、独立して会社を興した。退職後は房総に移住し、母と二人で小さなレストランを営んだが、七年後に癌を患って閉店を余儀なくされた。

一方、母の没年は平成十六年である。その三年前に脳梗塞で倒れ、リハビリで一時は持ち直したが、最後は心不全で亡くなった。七十七歳だった。父と同様、東日本大震災とコロナ禍を知らないまま逝った。主婦として私たち三人の娘を育て上げた後は、レストランの調理全般を任され、慣れない接客業で忙しい日々を送った。父亡き後は娘たち家族の暮らしを手助けしながら、孫たちをかわいがってくれた。常に自分のことは後回しで、家族に尽くした一生だった。

人生百年といわれる昨今だが、父は古希を迎えられず、母は喜寿の声を聞いたばかりで逝ってしまったことに寂しさを禁じ得ない。もっともっと長生きして、大人になった孫たちの姿を見てほしかったし、可愛いひ孫たちを抱かせてもあげたかった。

三年前には、父方の叔母も見送った。享年九十四。叔母は生涯独身で、長年一人暮らしをしていたが、八十代後半から認知症の症状が現れ始めたため、私たち夫婦が後見人となって、晩年は特別養護老人ホームで暮らした。元気な頃は、母や私を含む姪たちとも親しく付き合っていた。

奇しくも、令和二年は父の三十三回忌、母の十七回忌、叔母の三回忌に当たった。雨宮家にとっては、大きな節目の年である。五月の大型連休中に三人の法要をまとめて執り行うべく、かねてから計画していた。両親の菩提寺は山梨県笛吹市にある。お寺で法要を行った後、親戚一同で石和温泉に泊まり、にぎやかに歓談する予定だった。

法要の施主は私の夫が務める。夫は結婚の際に私の姓を継いだ。現役時代は工学関係の仕事をしていたが、還暦を前に一念発起し、修行を経て僧侶の資格を得た。だから、法要では住職とともに御経をあげる。そのための法衣も整えた。今回の法事は、夫にとっても重要なイベントになるはずだった。

そこに降ってわいたのが、新型コロナ感染症の拡大である。五月に予定していた法事は十月に延期された。最終的に中止にすべきか悩んだが、この機会を逃せば、いつ皆が集まれるかわからない。万全の感染対策を講じた上で、法事を行うことにした。

簡素でも形ばかりの法事にはしたくない。むしろ、こんな時だけに何か特別な記念となるものを残したい。考えた末に、雨宮家の足跡と両親・叔母の思い出をまとめて冊子を作り、法事の引き出物とすることにした。

参考にしたのが、NHKの人気番組「ファミリーヒストリー」である。番組では著名人をゲストに迎え、そのルーツを父方・母方双方で詳細にたどっていく。親戚筋を訪ね、地方史の研究家や学芸員も動員して調査する。一見平凡な人生を生きた市井の人々に、驚くほどドラマチックな物語が隠されていることも多く、ゲストは新たな発見に歓喜したり涙をぬぐったりしている。番組を見るたびに、わが家の歴史もこんな風に調べてもらえたらと、羨ましく思っていた。

コロナ禍で外出が制限される中、足で稼いで綿密な調査をすることはかなわないが、知っている限り、入手できる限りの情報をまとめることはできる。たまっていた古い写真を整理する格好の機会にもなるだろう。何より自分の子供や孫たちに、雨宮家の足跡を少しでも知ってもらいたいと思った。

冊子の作成に取りかかったのは、コロナの第一波が収束し、束の間の落ち着きを見せていた六月下旬である。作業は以下の手順で進めた。①ネットや書物で情報を収集し、雨宮家の遠い先祖や苗字のルーツを探る、②数代前からの親族について情報を収集する（情報源は戸籍謄本、菩提寺の墓誌や過去帳、電話による親戚からの聴き取りなど）、③集めた情報をもとに家系図を作成する、④写真を整理する、⑤両親と叔母の個人史と思い出を執筆する、⑥家系図、資料、文章、写真を編集して冊子にまとめる。

しかし、作業は予想以上に難航した。調べきれないことや、事実の断片がうまく繋がらないことが沢山あった。セピア色の古い写真を見ても、そこに写っている人物が誰なのかわからないことが多い。両親のなれそめも含め、若い頃の二人の話をほとんど知らないことにも愕然とした。父と母の兄弟姉妹はすでに全員が物故者となっている。いとこたちも七十〜八十代に入っており、年賀状のやり取りをするくらいで会う機会はほとんどない。電話での聴き取りも試みたが、かなり効率が悪かった。中には、様々な理由から音信不通になっている親族もいる。ソースは非常に限られていた。

それでも、どうにか情報をかき集め、全百ページに及ぶ家族史が出来上がった。文章は主に私の担当、資料や写真の編成と印刷・製本は夫が担当した。表紙には、水彩画を趣味にしていた母の富士山の絵をスキャナーで取り込んで使用した。【第一部】先祖編、【第二部】思い出編、【第三部】資料・写真編という構成になっている。完成には約三か月を要した。出来上がった冊子を仏壇に供え、夫も私もしばし感慨にふけった。

今回新たに発見したことや、曖昧だった事実を再確認できたこともあった。遠いご先祖は甲斐武田の家臣であり、元は清和源氏の流れを汲む村上一族だったらしい。雨宮家の家紋である丸上（㊤）は、戦国時代に瀬戸内海で活動した村上水軍の家紋に由来することも初めて知った。江戸時代のことは全くわからない。かろうじて判明したのは、幕末から明治初期に生まれた先祖たちの名前と関係性である。家系図は四代前から始まっており、そこに網羅された人数は総勢百名近くに上る。その中には、誰もが知る有名人やノーベル賞級の偉人は存在しないが、たとえ無名でもオンリーワンの人生を懸命に生きた人々だ。

祖父の雨宮勘一は、大正時代に「日本温泉療法普及会」を設立し、昭和初期には温泉の効能に関する研究を「温泉読本」として出版した。勘一は正義感の強い人だったらしく、関東大震災の時に朝鮮人へのデマで暴徒と化した民衆を諫め、襲われた人を助けた。横浜市の震災誌にその記録が残されている。

人間臭いドラマも垣間見えた。父の大伯父は某銀行の創業者であり、一族の中で唯一、立志伝中の人物といえる。栄枯盛衰を地でいく波乱の人生を送った。銀行は昭和の時代に急成長を遂げたが、その後乱脈融資を指摘され、政財界を巻き込む疑獄にも関わった。この銀行に勤務していた父は不正に加担することを嫌い、銀行を去っている。創業者の死後、銀行は大手に吸収され、現在は存在しない。

両親の結婚が今でいう「出来婚」だったことも、戸籍の記載から判明した。父は若い頃もてたらしい。また、曾祖母は曾祖父の正妻ではなく愛人（のちに入籍）だったようだ。「おぬしら、やるのう」というのが、率直な感想である。

第二部の思い出編には、最も多くの時間を費やした。特に、父と母の晩年の思い出を書き起こす作業は、同時に辛い闘病の記憶をなぞる作業でもあった。末期癌と闘った父と、脳卒中の苦しいリハビリに耐えた母。もっと早く気づいていれば、あの時こうしてあげればという後悔は今でも尽きない。それでも書き終えた時、なぜか長年の心の重荷を下ろしたような清々しい気持になった。

法事の引き出物として配った冊子に対して数人の親族から「読み応えがあった」「面白かった」という反響があった。息子のお嫁さんからは「感動しました」という嬉しいコメントをもらった。肝心の娘と息子の反応はあっさりしたものだったが、きっといつか自分のルーツについてもっと知りたいと思う日が来る。その時にこの冊子が役立つだろう。

ならば、親である自分たちの記録も今のうちにまとめておこうと思った。最近、大量にたまった家族写真の整理と、エクセル表を使った自分史年表の作成を始めた。

この話には後日談がある。先日、母の遺品である開かずの金庫が偶然開いたのだ。断捨離のため、廃品回収に出す直前だった。中には、風呂敷に包まれた大量の古い写真が収められていた。大した物は入っていないと聞いていたが、初めて見る貴重な写真ばかりだ。「捨てないで」という母の声が聞こえたような気がした。家族史の続編作成に向けて、新たな宿題を貰ったのかもしれない。

# 第三章　ここに暮らして

## 春のよすが

自宅に閉じこもり無味乾燥な日々を過ごしていた春の日、家族で近所に遠足に出かけた。そして出会う、言葉にできないほど惹かれ・見惚れた何気ない風景。辿り着いた先の、身近な自然に身を任せる。「ああそうか」、何かが頭の中でほどけた。

## ウィズ・コロナ・ウィズ・チルドレン～非常事態の中の「恩送り」～

感染の恐怖でパニックに陥ったわが街。異常事態に放り込まれた子どもたちを思って、使命感のようなものを抱き行動していた。そして、妻も。地域の人たちから学んだ、恩を送ることの大切を身をもって知ることになる。

## どんぐりの芽

幼い子どもを抱えての自粛生活に限界を感じ、恐るおそる始めた公園への朝通いはいつしか習慣となる。春夏秋冬、目の前の身近な自然と向き合うことで気づいたこと。自粛生活を豊かに過ごす発想の転換を得たのだ。

## コロナ禍が開けた扉

二〇二〇年春に勃発した異変は、私から多くの外出機会を奪った。近所の土手と河川敷への早朝散歩を除いて。空いた時間の有意義な過ごし方を思案しながらの道すがら、目に飛び込んできた楮の若木に遠い記憶が蘇る。職人の家に育った私に、職人魂の火がついた。

# 春のよすが

吉村　可奈子

「遠足に行こう」

突拍子もない母の提案は、今思えば受験まで一年を切り勉強のプレッシャーと闘う兄、初めての高校生活が休校に始まり途方に暮れる私、長い休校でエネルギーが有り余る弟と妹の様子を見かねてなされたものだったのかもしれない。

これはちょうど一年前、コロナという言葉が耳になじんで久しい五月の初めに私が体験した遠足記だ。と書くと仰々しいが、たいそうなことではない。仕事があった父を除く家族五人で近くの公園まで歩いて行ったある一日が、私にとってひとかたならぬ意味を持ったというだけの話だ。

「自由」は、ある一定の縛りがあるからこそ私たちになんらかの利をもたらしてくれるのだと知った。突然空中に放り出されるように休校宣言をくらった私は、何をするともなく一日一日を貪っていた。単調で、同じ事しかしない毎日。機械になったようだった。今日という日がどこまでで、昨日という日がどこまでなのか。昨日と一昨日の境目もなく、一昨日とその前の日など区別がつかない。無味乾燥な日々、曜日感覚はおろか日付感覚さえもなくなっていた。

　切れ目なく漫然と過ぎていく毎日を退屈と呼ぶには春が優しすぎたのだと思う。その陽気に連れ出され私が目にしたのは、きっとどこにでも転がっている光景で、わざわざ文字にすることでもないのかもしれない。それでも、ただただ時間に引っ張られて生きていたあの頃の私は、この日を機に少しだけ変わったように思う。少しだけ見えるものが変わって、少しだけ聞こえるものが変わった。今の私を形成するのは紛れもなく過去の私なのだが、私にこの日が欠けていたとしたら、今以上に味気なく、空疎な人間になっていたかもしれない。

　満場一致で可決された遠足の行き先は、家から二キロほど離れた公園。めいめいにリュックサックにお菓子と水筒、レジャーシートを詰め込み、家を出発したのは朝九時を回った頃だった。徒歩三十分。予測不能な動きをする弟と妹のことを考えて、舗道ではなく農道を行く。なにぶん田舎なもので、辺りは一面麦畑。視界を遮るものはなく、家を出て一つ角を曲がれば目的地が遠くに見えた。麦秋という言葉がこれ以上に似合う風景はあるまいと思われる佳景を五人、連れ立って歩く。

とてもよく晴れた日だった。春の空は独特な色合いをしている。どこか埃っぽい、くすんだ白を吸い込んだような、儚くかすんだ青色。冬の、ガラスのように澄んだ空と比べると、「混合物」という感じがする。その雑味が太陽の光を和らげる。

歩き始めて十分ほど経った頃だろうか。雑談に興じながら農道に入って少し歩いたあたりで道の脇に花が咲いているのを目にした。そう思って見ると、道と畑の間をカラフルな花々が彩って先まで続いている。特に珍しい風景でもない。どこにでも咲いているような白、黄、ピンク、紫の、小さな草花たち。雑草という名の植物はないのだが、おそらくは多くの人にとって「雑草」だろうと思われるような、ありふれた花。私は人並み程度には花を見ることが好きだが、かといってその種類に詳しいかと言われるとそういうわけでもない。その場で識別できたのはタンポポとヒメジョオン、シロツメクサ、それにホトケノザぐらいだった。しかし名前などは重要ではない。どうしてだろう、何を感じたのか、今思い返してもうまく言語化できない。

ただどうしようもなく惹かれた。

ただどうしようもなく見蕩れた。

花を、それもどこにでも咲いているような雑草を見るために足を止め、しゃがみ込んだ経験が、いったいどれだけあるだろうか。少なくとも私は、ずっと幼い頃以来のものだったと思う。その道を歩くのは初めてだったのだが、果たして一人でその道を通ったとき、私にその花たちは見えていただろうかとふと思った。どこか別の場所へ移動するために通る道というものは、あくまでも通過点であり、そこに意味を付随させる必然性は全くない。例えていうならば空港のようなものだと思う。空港に来ることを目的にして空港へ来る人はいない。あるいは学校という場でいうならば廊下がそれにあたる。どちらもその場にとどまることは本来期待されていない場だ。それと同じで、私たちが普段通る道、移動のために目にする光景には、「通過点である」という意識が無意識のうちに働いてしまっていて、見えるものも見えなくなっているのだと思う。私が初めてその農道を通ったのが通学路として、だったとしたら、私は咲き誇る小さな花々には気づかなかったに違いない。今、自分の通学路を思い返してみても、素敵な景色を見られるスポットなど思いつきもしない。

小さくとも、決して折れず、誰の為にともなく凛と佇む孤高の花々に心を打たれ、言葉で形容しがたい春の煌めきに湛えられながら目的地へ向かう。私だけでなく兄弟もそんな調子で、あちらこちらに春めいたものを見つけてはしきりに声を上げていた。川の岸辺に上がって日向ぼっこをするカメ。天高くをくるくると回るヒバリ。ホトケノザの蜜を吸いながら、あるいは春の唄を口ずさみながら。

公園の入り口前に、「春の花」と言われてぱっと思いつくような、主役を飾れる花々が花壇に植えられていた。チューリップ。パンジー。ビオラ。美しく花を咲かせていたのは確かなのに、農道の草花を見た後だと驚くほど何も感じなかったことを憶えている。「きれいだな」…その一言で、その一瞥で事足りて、興味を失ってしまったのだ。花は何も悪くない。ただ素直に人を喜ばせようと咲いたのだろう。それを見て、多くの人は美しいと声を上げる。それまでの私もそうだった。

しかし、私は思ってしまった。何故か思ってから罪悪感がざらりと胸に残った。

「人の手によって作られた完全な美より、飾らない、小さくても、地味でも、ありのままの美の方が、ずっと人の心に迫りくる。」

公園に着いた時には想像以上に疲れていて、私はそのまま芝生に寝転がった。鼻をつくのは、しめった土の匂い。むせかえるような、草の匂い。春の匂いだった。目を閉じた。日差しは柔らかく、時間を私から遠ざける。

ああそうかと思った。何かが頭の中でほどけた。当時の日記にその時のことが書かれ残っていた。

「ハエとか、蚊とか、きらいだけれど、そうやって、土に頭をつけて自然に還ってみれば、人間の方がずっと醜い生き物に思えた。」

人間はとても勝手だ。一つの生命体としては、生存力は強くないのに、その弱さを、道具を生み出し、自然を征服することで誤魔化してきた。多くの生き物の自由を奪い、命を奪い、自分たちが生き延びることだけを考えて発展してきた。地球温暖化が騒がれるのは、それが人間にとって不都合だからだ。二酸化炭素濃度が高くなったからといって、地球が爆発するわけでもない。もちろん私も人類には長く生き続けてほしいと思うし、地球温暖化は防がねばならないと思うけれども、人間の勝手で、傲慢で、自然界を侵すことはあってはならないと改めて感じた。それがたとえ偽善だと言われたとしても、人間も自分のニッチを自覚して生きるべきだと私は思う。

久しぶりに家を出て、久しぶりに花に心動かされて、久しぶりに自然に身を任せて。何か贅沢をしたわけではない。しかし、想像以上に得たものは大きかった。

見えているものが全てではないこと。「人工」は「自然」に勝らないこと。マジョリティーが必ずしも正義ではないこと。人間の身勝手さは自覚されるべきであること。この一日は鬱々と過ごしていた毎日に色を取り戻してくれた。

あれから一年。学校は再開し、毎日勉強に部活にと忙しい。心の休息の必要を感じることもあるが、散歩には行けずじまいだ。今年は家族遠足の提案もない。学校に行けて、人と会えて、毎日外部からの刺激を受け取れる環境にあることは幸せだが、大切なことを思い出すために歩いてどこかに行く時間を敢えて作ることも私たちには必要なのではないかとも思う。私はGWには一度でいいから外の空気を吸って、あてもなく歩き回りたいと思っている。目的地のない散歩は、行く先行く先が目的地だ。見るものすべてが主役だ。きっと何か新しく見えてくるものがあるだろう。視野を広げることは人生を豊かにする。

新型コロナウイルスの影響で様々なことが制限され、残念な思いや悔しい思いを繰り返してきた。それでも悪いことばかりではなかった。そう言い切れるのは私が恵まれているからかもしれないが、コロナのせいでこの一年は完全な真っ暗だった、いいことは何もなかった、という人はいないのではないか。一筋でも、二筋でも、光が差し込むことはあったはずだ。大変な中でも幸せを見出せるしたたかさ。人間は希望がない状態に耐えられないという。耐え難い辛い思いも、自分をなだめ、だましだまし乗り越えてきただろう。

私がコロナ禍から学んだことは数多くあるが、最初に思い出したのはこの遠足のことだった。この休校がなければきっと私はそれまで通り道端の雑草には目もくれず、花壇に咲くよく手入れされた花々をああ美しいと感じていただろう。強迫観念じみた何かに思考を操作されていることに気づかず、差し出されたものを差し出されたとおりに受け取って笑う浅い人間のままだっただろう。苦境を楽境に変えることなどできやしないが、物は考えようで如何様にも変わる。私はこのコロナ禍で沢山のものを得た。得たものは大きいのだから、失うものも大きくて当たり前なのだ。そう割り切って、これからも前に進もうと思う。全ての人に幸多からんことを祈りつつ。

# ウィズ・コロナ・ウィズ・チルドレン
## ～非常事態の中の「恩送り」～

渡辺　悠樹

二〇二〇年四月二日、山形県新庄市。人口約三万五千人の小さな街で、市内初の新型コロナウイルス感染症陽性者が出た。さらに二日後、その陽性者の家族五名も感染していることが発覚。県内にも徐々に感染の恐怖が忍び寄っていた矢先、突然市内で発生した家庭内クラスターに、市民はパニックに陥った。

フリーのライターを本業とする傍ら、地元の個人塾で塾講師をしていた私は、ただちに塾長にすべての授業を休講にするよう進言した。万が一塾に通う生徒の中からコロナ感染者を出した場合、休講に伴う一時的な収入減よりも、信用失墜により塾生が離れていくことのほうがよほど深刻な打撃となる可能性があった。田舎は一度評判を落とすとどんなことになるかわからない。クラスターを出してしまった家族は、実際、ＳＮＳで言葉の暴力を浴びせられていた（後に、その家族は何者かによる投石で窓ガラスを割られ、街を出ていくことになる）。

塾長はすぐ私の提案を受け入れてくれた。そして私と塾長とで緊急ミーティングを開いた。すでに市内の小中高校は、政府からの要請による約一カ月間の休校を続けていて、学業の遅れはもちろん、日常生活も荒れ始めていた。起床時間が遅くなり、ゲームや動画サイトばかりの毎日で、たまにプリント配布による宿題を出すのみの小学校、中学校に対する不信感も保護者の間に募っていた。

私はどこかのメディアで目にした「オンライン自習室」の開設を塾長に提案した。オンライン自習室は、web会議システム「Zoom」のカメラ機能を利用し、講師と生徒たちで互いに顔を見ながら勉強するという取り組みだ。一人自宅で勉強するよりも、他人の顔が見えると社会的促進が働き集中力が増すという。

対面授業ができない状況下、世間ではオンライン授業の必要性が騒がれ始めていた。しかし、急に授業をオンライン化できるほどの準備はできていない。そこで、まずはネットをつなぐだけでできるオンライン自習室を始めることにしたのである。勉強を教えるというよりも、子どもたちの生活リズムを整え、孤独感を和らげることがまずは課題だった。

先行きはまったく見えなかったが、私も塾長もZoomの使い方から学び、塾生たちにオンライン自習室開設の旨を伝えた。うまくいくかどうかよりも、この非常事態で大人が新しいことを学び、試行錯誤している姿を見せるということが、今子どもたちに一番必要な教育だと思った。

私は自宅の一角でパソコン仕事をするのが日常だったので、平日の日中でもタブレット端末を脇に置き、塾生たちの様子を見ることができた。私が午前、塾長が午後を担当することになった。朝九時から「自習室」を開け、できるだけ時間通りに来室するように勧めた。

操作方法の周知不足や回線トラブルなどの問題は多々あったが、「一人で勉強するよりも集中できる」という塾生たちの感想も多く、一定の成果は出せた。地元の新聞記者に頼んで、記事にもしてもらった。

これはあくまで私の働く塾に通う塾生だけを対象にした取り組みだった。しかしこの地域には、学校に行けず、誰とも顔を合わさずにいる児童・生徒が大勢いる。そこで、私は塾とは別に、「もがみオンライン自習室」を個人的に開設することにした。山形県最上地域の小中学生に限定して、誰でも利用できるサービスを用意した。利用してくれた子どもたちの幾人かでも、後々塾に入ってくれればいいという目算もあった。紹介でリベートがあるわけではないが、塾長に休講を進言した手前、少しでも赤字の補填をしなければという責任を感じていた。

一人でも多くの子どもに知ってもらおうと、地元のテレビ局に取材に来てもらった。翌日夕方のニュースで放送され、あちこちから「見たよ」という声が届いた。

参加する子どもは十人程度と少なかったが、少ないなりに意味はあったと思っている。「そういえばコロナで大変だったときに、オンラインで何かやってくれたおじさんがいた」と、数十年後にでも思い出してくれればいい。そのとき、彼ら彼女らは、世の中捨てたもんじゃないと、社会に希望を持ってくれるだろう。

私と塾長がZoomの使い方に慣れ、講師と塾生の1対1でのオンライン授業を試験的に運用し始めたころ、学校が分散登校などの対策を講じながら休校の解除をしていった。

地域に新規陽性者が出ていなかったこともあり、学習塾も通常通りの対面授業を再開することにした。オンライン自習室の役目はここで終了となった。

なぜ突然私がこんな使命感のようなものを抱いたのかはわからない。誰もやらないから自分がやるしかないと感じたのだろう。世間の大人たちは、感染の恐ろしさと、給付金がいくらもらえるのかといった話題ばかりに囚われていた。人格形成の大切な時期に、異常事態に放り込まれた子どもたちを思って何かしてやろうと考える大人は、私の知る限りまわりにはほとんどいなかった。

一カ月ほど経ったある日、突然新庄青年会議所から電話がかかってきた。新型コロナの騒ぎの中で地域のために動いていた人たちの情報を集めているという。連絡をくれたのは、青年会議所メンバーであり、隣町にある食品会社の若社長だった。「もがみオンライン自習室」のテレビ放映を見て、注目していたとのことだった。

新庄青年会議所は年会費が十万円。さらにイベントなどの事業が近づくと、本業そっちのけで時間と労力を割かねばならない。なかなかストイックな団体ではあるが、身銭を切ってまで地域のために働くというその精神が、笑ってしまうほどに硬派で、コロナ禍で混迷を極める世にあっては圧倒的に魅力的に見えた。その後私は青年会議所から勧誘され、入会することにした。

第一波の衝撃が収束してきた頃、妻も子どもたちのための取り組みを始めた。ある晴れた初夏の日、窓を開けて仕事をしている私の耳に、子どもたちのはしゃぐ声が聞こえてきた。妻が息子と近所の同年代の子ども二人を川の中に入れて遊ばせていた。そこは妻自身、小さいころによく遊んだ川でもある。近所に住む大人たちは皆、かつてこの川で遊んだ思い出をもっている。近所の人たちも家から顔を出し、目を細めて子どもたちを見ていた。閉塞感ただよう街に、突然窓が開かれて朝日が射しこんだような気分だった。

息子のあまりの楽しそうな表情に、「他の子どもたちにもこの遊び場を提供したい」と興奮する妻が、すぐに動いた。近所や知り合いのお母さんたちに声をかけた。幼稚園が休みになる毎週末に集まり、どじょうをとったり、カヌーを浮かべたりして楽しんだ。

私もお手伝いをした。すぐ近くの公民館を借りて室内で休憩したりお絵描きをさせたりもした。子どもを遊ばせる県内施設は軒並み閉鎖、あるいは制限されていた時期で、小さな子どもを持つ家庭はかなり息苦しい生活を送っていたようだ。特に外からこの街に嫁いできた方々は、悩みを打ち明けられる友だちもなく、独りで抱え込んでいるような状況だった。妻の誘いに、涙を流す人もいた。

川遊びの会は川の水が冷たくなる十一月ころまで続けた。たまに、私の知人の農家に頼んで、芋掘りやぶどう狩りをさせてもらうこともあった。会の開催を知らせるために作ったSNSのグループトークは、お母さん同士の情報交換に使われるようにもなった。平日の午後には幼稚園の帰りに呼びかけ合って公園に集まり子どもたちを遊ばせることもあった。川遊びの会は、地域のお母さん方のプラットフォームになった。

新型コロナが私に見せてくれたものは、他人のために動ける人間かどうかでふるいにかけられた世界だった。誰かのために何かできないだろうかと、駆り立てられるように行動する者と、自粛を命じられて持て余す時間を自分の為に悠々と使う者。

私は駆り立てられる側の人間であってよかったと思っている。オンライン自習室や川遊びの会に少なからぬ時間と労力とお金を費やしたが、損得勘定は働いていない。むしろ自分がためらわずに身銭を切れる人間であったということがわかってうれしい。

新庄青年会議所主催の一大行事である雪まつりが二〇二一年二月に行われた。昨年からの自粛ムードを押し破るように実施に踏み切り、子どもたちの喜ぶ顔を見ることができた。あるメンバーは、協賛金のお願いに伺った会社の社長から、こんなことを言われた。「子どものころ、雪まつりは楽しかっただろう。だったら、今度は君たちが子どもたちを楽しませる番だ」と。それを聞いた理事長は「青年会議所は、次の世代への恩送りの組織なんだ」と言った。

私は六年ほど前に千葉県から山形県に移住し、人に恩を渡していくことの重要性を地域の人たちから学んだ。恩は惜しみなく人に渡し、人から受け取った恩は次の人たちに流していく。恩を流していると、次々に恩が入ってくることを、身をもって知った。

折しもSDGsや資本主義の限界といった言説が流行している。ポストコロナは、恩送りの世の中になっているだろうか。たぶん、実現は程遠いだろう。人は自分自身のために資源を消費することに慣れすぎている。それでも、一人でも恩送りに乗ってくれる子どもたちが増えてくれればいい。一人の人間に恩送りを伝えることはできる。新型コロナは、私に、それを気づかせてくれた。

# どんぐりの芽

佐藤　由香利

朝、九時半頃になると、キッチンから部屋中がコーヒーの香りで満たされる。コーヒーは飲まない私だが、新しい習慣が加わった。一年前から在宅勤務が始まった夫に、毎朝コーヒーを入れている。味見はしないが香りは好きなので、週に一回買い出しに行くスーパーで、コーヒーのパックが空になる前に私なりにパッケージを吟味して選んでいる。二百枚入りのフィルターも二袋目になり、コーヒーを入れ始めた当初は、このような習慣がこんなに続くものとは思いもしなかった。

子どもと過ごす時間にも変化があった。前の年の三月に、長女の幼稚園が登園自粛となり、その後、四月に最初の緊急事態宣言が発令された。すでに三十六日続いたお休み。そこから幼稚園の再開までがさらに三十六日。ちょうどその日が折り返し地点なのかと、そのときには、さらにこの生活が長引くのかと途方に暮れたものだ。体力を持て余している遊びたい盛りの幼い二人の子どもを抱え、打ち合わせも多い在宅勤務の夫の邪魔にならないように家で遊んだり、一日数時間、自宅の前で遊ぶことにも限界を感じていた。

そんなある日から、しばらく遠目に見ているだけだった公園に、朝一番に通い始めることにした。はじめは見えない不安に恐るおそる出かけたが、春先の朝の公園の空気は、なんだか特別な気がした。言葉は交わさないが、いつも同じ時間帯にやってきて、ベンチに腰掛け散歩の休憩をしている男性や、同じように早い時間帯に遊びにやってくる親子連れともいつしか顔見知りになり、それまでの閉塞感から、私自身が少し解放された気がした。子どもたちも久しぶりの公園の遊具や砂場に夢中になって遊び、そんな日々を過ごすうちに、幼稚園の再開の日を迎えた。下の子とはそのまま朝の公園通いを続け、長女の幼稚園の後にも人が多くなる前までを約束に、子どもたちのおやつを持って公園に出かけた。同じ日の繰り返しでも、おやつの内容をちょっと変えるだけで、目先が変わって新鮮な気持ちになる。そうしているうちに、私はあることに気付いた。

外で過ごして、身体に、そして五感に受けたあらゆる刺激が、私たち親子の心身の健康の大部分を担っていると言っても大げさではない。久しぶりに出かけた公園で、穏やかな春の空気と、季節の移り変わりを心地よく知らせてくれた桜。風にのって舞う花びらを夢中で追いかける子どもたちの顔が、久しぶりに上を向いて輝いた気がした。公園にたどり着く前にはもう汗だくになっていた茹《う》だるように暑い夏。時々河原まで足を伸ばして、ひんやりした水を存分に楽しんだりもした。延期されていた下の子の一歳半検診で、うちの子だけ真っ黒に日焼けしていたことが、自粛を求められている生活のなかで多少の気まずさもあったが、逞しくも見え、何だか誇らしかったことがすでに懐かしい。

ようやく過ごしやすくなった秋には、落ち葉やどんぐりでどれほど楽しんだことだろう。どんぐりを拾い集め、バケツやおもちゃのトラックの荷台に乗せて運んだり、落ち葉を風に乗せて放り投げてみたり。木の下でどんぐりが頭に落ちてきて、「いたた。」と言いながらも、幼い子がその感触を楽しんだりもしていた。子どもの小さな指の先に顔を書いてどんぐり帽子を被せたり、乾燥して開いた皮を剝いてみたり、中身を半分にしてみたりと、とにかく毎日遊び尽くした。そのまま冬を迎え、あるとき外遊びの汚れが落ちていないと思い、お風呂で湿らせたガーゼで何度も下の子の頬を擦ってみたが、実はそれがあかぎれだったことに気付いたこともあった。そして冬休み。夫のお休みにいつもより山奥の公園に連れて行ってもらい、散々遊んだどんぐりが、落ち葉に埋もれてひっそり芽を出している姿を目の当たりにしたときには、親子で歓声をあげた。

もし、今のような生活になっていなかったら、これほどの体験ができただろうか。これまでも公園遊びは少ない方ではなかったと思うが、大型商業施設に出かけ、買い物や食事をしながら過ごした休日の日々を思うと、決してこの一年で体験したようなことはできなかっただろう。じっくりと目の前の自然と向き合い、その時々の恵みに触れる。飽きることなく黙々と公園で時間を潰せる子どもたちの姿を見てこられたことも幸せだ。

幼い頃、小さな島で育った私には、これらの体験が懐かしく、その光景と自然のにおいに、子どもの頃の数々の思い出が呼び起こされた。これまで日常に囚われ、どれほどのものを見過ごしてきたのだろう。幼い子どもたちがいなかったら、きっと今も忘れ去ったままでいたかもしれない。新しい日常には何かと不便や寂しさを感じることもある。親しい友人にも一年以上会わずにいるし、出かけたいところ、子どもたちに見せたいものも山ほどある。両家の両親のところにも、滅多にかわいい盛りの孫たちを会わせに連れて行けない。それでも、私たちはこの日常をそれなりに楽しみ、日頃私たちを気にかけてくれている人たちの存在を、今まで以上にありがたく、大切に感じられるようになった。

未知のウィルスのために、世界中で数え切れないほどの人が尊い命を落とし、毎日の新聞に掲載される数字を見ては愕然とする。一年前に見てきた数字とは比べものにならない。俄に信じられない思いだ。今現在も現場で戦っている多くの医療従事者の方、そして病に苦しんでいる人がいる。もちろん今の自粛生活が明ける日が待ち遠しいことに変わりはない。しかし、終わりの見えないこのような日々を嘆くより、目の前にあること・いる人、会えなくても互いのことを思い、また会える日を心待ちにしてくれている人を思うだけで、どれほど心が温まるだろう。毎日を無いものねだりで心に欲を欠いた顔で過ごすより、今置かれている環境に感謝して過ごす方が、よほど豊かな日々を過ごせるのではないか。私はそれを、二人の子どもたちから教わったように思う。

そうは頭でわかっていても、毎日が上手く送れているかというと、そうでもない。幼い子どもの機嫌がどうしても良くないぐずぐずの日もあるし、上の娘も変わらない日々に子どもなりにストレスを感じ、無理なことを言う日もある。雨の日が続いて外に出られないとなると、それだけで朝から一日をどう過ごそうかと、家の中に憂鬱な空気が漂ったりする。私の怒鳴り声で、仕事中の夫が部屋を飛び出してくること、打ち合わせの向こうの相手に心配されたことも恥ずかしながら一回二回ではない。それでも、この一年で子どもたちと過ごした日々は、いつかきっと、かけがえのないものだったと思える日が来るはずだ。これまでの生活で見逃していたもの、見過ごしてきたものをどれだけ拾えたことだろう。小さくてつやつやしたどんぐりを、子どもたちがかわいい小さな手のひらで大事に大事に包み込んでいたように、私も子どもたちと過ごす時間を大切に心に留めたい。

この春、上の娘は小学生になった。自分で選んだお気に入りのランドセル。重いとか、肩が痛いとか言いながらも、「よいしょ」と背負って毎日学校へ向かう。学校のすぐ近くまで見送りながら、最後の一本道を近所の二つ年上のお姉さんと並んで歩く姿を見ながら思う。この限られた環境で、この子は日々、新しいことを学ぶことに心をときめかせている。ただ、それだけのことかもしれないが、それ以上のものでもない。学びたいと思えば、私たちが得られるものは数限りない。真綿が水を吸うように、下の子も日常からあらゆるものを得ている。褒められたものばかりではないことも事実だが、いつか、学んだものを取捨選択できる日が来るように、今は諭《さと》し、見守るばかりだ。

外遊びが増えたことで、それまで何となくつけていた日中のテレビを消した。なかなか変わらない、むしろ苦しくなるばかりの状況を鬱々とした気持ちで眺めているより、今日一日をどう充実させるかが目下の私の課題だ。家族の感染予防を含めた健康管理、外では密を避けることを意識しつつ、家では、家族とはぐっと密な時間を過ごそう。世界中の人が大変な思いをしている。大人にとっては人生のうちのたかだか数年の期間でも、子どもにとってはこの数年がこれまで歩んできた人生の大部分だ。その期間をただ大変だった、苦しかった、つまらないだけの日々として子どもたちの記憶に残したくない。世界中で未知のウィルスと戦っている人がいる。みんなのために、昼夜を問わず、長く戦い続けてくれている人がいる。私たちの生活を支えてくださる人への感謝の気持ちを忘れず、きっと、今だったから、こんな日々を送ることができたんだよと、この日々さえ家族の温かい思い出にしたい。

# コロナ禍が開けた扉

石井　泰子

満九六歳で天寿を全うした私の母は、茨城県結城市と栃木県小山市一帯の特産品である結城紬の織り手として人生の大半を過ごした人であった。

材料となる絹糸は、祖母が真綿から紡ぎ出していた。その絹糸を染色する前に、水に漬かると消えてしまう特殊な墨で印を付けた部分だけを綿糸で縛り、染料が染み込まないようにして柄を作り出す『絣《かすり》くくり』という作業を父がやった後、紺屋《こうや》へ染めに出し、それを母が織り上げて紬問屋へ売り渡していた。

文字通りの家内工業であったため、物心ついたころから草木染と絹織物は常に身近な存在であった。

小学校高学年に進級したころの私は、四キロのデコボコ道を歩いて、紺屋までよくお使いに行った。絣くくりが終った絹糸を届けたり、染め上がりを受け取るためである。染料の甕の間を手際よく動き回って絹糸を染めている職人の手捌きを見るのが大好きだった私にとって、お使いは少しも苦にはならず、行くたびに軒先に佇んで飽かずに眺めていたものである。

この染色作業の光景は心の奥深くに刻み込まれたまま、祖母、父、母と順に送ったあと、いつの間にか忘れた。

二〇二〇年春、その記憶を呼び覚ます切っ掛けとなった異変が勃発した。勃発としか言いようのない新型コロナウイルス禍である。

マスクや消毒液の品切れと目を見張らんばかりの高騰、週に二回通っている卓球教室の閉鎖、ボランティアで参加している特別養護老人ホームでのハーモニカ演奏会の中止など、数えれば切りがない変化にどぎまぎしながら、一か月を過ごした。

あれも自粛、これも自粛で息も詰まりそうな日々の中、おおっぴらに外出して体を動かすことができるのは、八年前から続けている往復で五キロの早朝散歩だけとなった。

羽田空港を間近に臨む多摩川河口の街に住む私にとって、整備された土手と河川敷は、恰好の散歩コースとなっている。

コロナ禍となるまでは、季節の移ろいを楽しむ程度で、家に戻れば趣味の教室やボランティア活動に飛び出して行くといった状態で、土手から何かを得ようなどという発想は全くなかった。

しかし、外出自粛でポカンと空いた時間を有意義に過ごす方法はないものかと思案しながら散歩している私の目に、土手の法面に繁茂している楮《こうぞ》の若木が飛び込んできた。

外皮の繊維が和紙の原材料になるクワ科の植物である。

それを見た瞬間、何の前触れもなく遠い昔に見た紺屋の光景が蘇り、思わず呟いた。

「この外皮を煮出して草木染ができないかしら。廃業した呉服屋さんから貰った古い羽二重が何反もあるから試してみようかな。黄ばんでいてあのままじゃ使い物にならないんだから駄目元でやってみよう」

思い立ったら待て暫しのない性格の私は、家に取って返し、パソコンを開いて草木染についての情報を掻き集めた。

プロの職人の草木染は、紺屋の軒先でじっくり見てはいたが、自分では染液に触った

 こともなかったし、染色についての科学的な知識も皆無であった。

先ず、染料を生地に固着させるために必要な媒染剤を作るところからやらねばならない。

家庭で手軽にできる草木染の媒染剤は、錆びた釘を酢水に漬けて作る『鉄媒染剤』。銅線を酢に漬けてから天日干しして緑青を吹かせた後、酢水に漬ける『銅媒染剤』。銅媒染剤は銅線が家に無かったため、ちょっと罰当りかなと気にしながら、十円玉三十個ほどで代用した。酢水に漬けた十円玉はピカピカに光り、化学実験さながらである。

どちらの媒染剤も、漬けてから一週間ほどで使うことができることが分かった。

その他に、『アルミ媒染剤』があるが、これはスーパーの漬物売場に置いてある焼きミョウバンを買ってきて、お湯で溶かして使えばいいので簡単だ。

どの媒染剤も、水道に流しても害がないということを知って安心する。

媒染剤が完成したところで、小さな鎌を買って楮の生えている場所に自転車で出かけた。

一抱えほどの楮の外皮を剥ぐ作業は、衝撃的であった。蕗の皮を剥く要領で茶褐色の分厚い外皮を根本から引き上げると、ヒューッと先端まで一気に剥けて、中から真っ白な木肌が現れた。その色彩の落差に驚くと同時に、この白い枝物は花材になるなと嬉しくなった。

その上、ヒューッとやるたびに溜まったモヤモヤが消えて行くような快感が走るのである。

楮の外皮剥きは、ストレス解消という思いも寄らなかった副産物もあることを実感した。

滅多に出番のない特大のステンレス鍋を引っ張り出し、三十分ほどかけて煮出した楮の染液は出涸らしのお茶みたいな色で、「エーッ、こんな色なの」とがっかりして、勝手に膨らませていた期待感が一気に萎んだ。

しかし、乗りかかった船だから仕方がない。気持ちを立て直して、水に浸しておいた羽二重を煮沸した後、アルミ媒染してみる。

羽二重は、媒染剤に浸すと徐々に色が変って行き、蒸かしたてのさつま芋に似た綺麗な黄色に染め上がった。匂いもさつま芋そっくりで、元々の黄ばみもすっかり消えている。

これならば、ブラウスにでも仕立てれば、外出着として十分通用しそうだ。

この瞬間、草木染という自然を相手にする未知の世界の扉が、ギギーッと開く音を聞いたような気がした。

それからの私は草木染の虜になり、土手に自生している植物で、染料になりそうなものを片っ端から採ってきて試してみた。

子供のころ、ひっつき虫と呼んで、黄色い花穂を友達の洋服に投げつけて遊んでいた、正式名称栴檀草《せんだんぐさ》は、アルミ媒染で鮮やかなオレンジ色に発色した。

多摩川の水辺に生えている胡桃の葉の染液は銅媒染で、着古した白のカシミヤセーターを、こっくりした茶色に蘇生させた。

草木染には正解も不正解もなくて、出て来た色を受け止めて、その色が気に入ればそのまま使い、気に染まなければまた別の染液で染め直してみるという自由さがある。

その自由さが私の大雑把な性格と相まって、無我夢中になっている内に夏が過ぎ冬が来て、土手の植物は枯れ果てて材料は全く手に入らなくなった。

そして二〇二一年の年が明けた。

そのころには、私の草木染熱も平熱になり、母が織っていた結城紬の紺屋の光景に思いが戻って行った。

「あの紺屋が使っていた草木染の材料は何だったんだろうか？　藍と茜くらいは何となく知っていたけど、他のものは全く知らないな」

俄然興味の湧いた私は、頼みのパソコンを開いてみる。すると『矢車附子《やしゃぶし》』という聞き慣れない木の名前が出てきた。松ぼっくりに似た実を付け、昔の女性のお歯黒の材料になったことから、『お歯黒の木』とも言うとある。

実を煮出した染料で生地を染め重ねていくと黒になり、その黒を常陸水戸藩の第二代藩主徳川光圀公が愛用したことから、『水戸黒』と呼ばれるとも書いてある。

何とも遠大な話になってきたが、知ってしまったからには、その水戸黒を見てみたい気持ちがむくむくと膨らんできた。

実の画像を見ると、どこかで見た記憶があるがそれがどこであったか思い出せない。

実家の裏手にあった雑木林で見たのか？　いや、そんな遠い昔のことではない気もするが……。

思案の挙句、区の土木課に問合せてみる。

「管轄内の樹木の管理台帳を調べてみますから、少し時間をください」

という応対の三日後、済まなそうな男性の声で電話が掛かってきた。

「残念ながら、管轄内には矢車附子の登録はありませんでした。もしかしたら、少し離れた地区にはあるかもしれませんが、こちらではお調べすることができません。お力になれなくて申し訳ありません」

申し訳ないのは、こちらの方である。

しかし、諦めることができなくてうずうずしているところへ、東京生まれ東京育ちの従弟がひょっこり顔を見せた。

知っているはずがないと高を括りながら画像を見せると、意外な答が返ってきた。

「ああ、この実。名前は知らないけど郊外に行くといくらでもあるよ。そういうことは車で走り回って仕事をしている俺に聞いてよ。でも、何でこの実が欲しいの？」

簡単に経緯を話した。従弟はふーんと上目遣いで私を見てから、茶化した声で言った。

「相変らず、物好きの上にじっとしていられない人だね。でもさ。コロナ鬱になる人とか、顔突き合せる時間が増えて、喧嘩が始まる夫婦もあるから、外出自粛のせいで草木染に目覚めたのは拾い物だね。コロナにも少しは取得があるんだね。しかし、転んでもただでは起きないというのは、あんたみたいな人のことを言うんだね」

私は、「はいはい。何とでも言ってよ。自然の猛威は、自然の力を借りて乗り切ろうと思っているんだから」と、言い返したいところをぐっと我慢して、

「実が生るのは十一月頃だから、ついでの時に車で採りに連れてってよ。それまでは去年染めた生地で、ワンピースとかブラウスを縫ってステイホームを楽しんでいるから」と、下手に出て車を出してもらう約束を取り付けてから送り出した。

矢車附子が実るころ、草木染の扉を開けてくれた新型コロナウイルス禍はどうなっているだろうか。

収束を祈りながら、呼び名も床しい水戸黒に思いを馳せている。

# 第四章　未知から見出す道

## 愛おしい人生

厄災により通訳ガイドの仕事はなくなった。誰もいない観光地を訪れ暫し思い出に浸った。あれから一年、奪われたものは大きいが、学んだことも大きい。私も変わった。前向きに生きる、まず忘れていた夢をかなえるのだ。

## 「なんか」やれる！

ウイルスに振り回されっぱなしの日々。ネガティブだった私を目覚めさせたのは、経験したことのない事態にも戸惑うことなく生き生きとしていた職場のある人物であった。私も「『なんか』やれる」はずだと力が湧いてきた。

## 会話のオンライン化から考える

コロナ禍で一瞬にして当たり前となったオンラインコミュニケーションは、対面での会話の優れた面を改めて気づかせるきっかけとなった。オンライン特有の不自由さの改善につながる考察の数々。

## 二十六年目の挑戦～コロナ禍という追い風～

突然の休校から始まった非日常は新日常へと変化する。「学びを止めないために」との思いに突き動かされ、長年のキャリアにあぐらをかくことなく、新しい学びのスタイルを模索していく私は教員。学び続けるロールモデルになり、未来を楽しみながら進んでいきたい。

## 落語家Kのこと

落語界もコロナ不況に喘いでいる。落語家Ｋの後援会に入っている私は、仲間の落語家たちの現状を聞かされ驚くばかりだった。なかなか語らないが容易に予測できたＫの苦境を思い、とっさに口にした自分も驚愕した提案とは。

# 愛おしい人生

阿部羅　かおる

例年三月の下旬から五月にかけては、通訳ガイドにとって一年で一番の書き入れ時である。ところが二〇二〇年は世界中でコロナウイルスが猛威を振るい、国内外の観光客が京都の街から姿を消した。それにつれ、日本周遊旅行や京都一日ガイドの予約がすべてキャンセルされ、仕事がまったく無くなった。

畢竟《ひっきょう》、土産物屋や食堂、そして何よりもホテルや旅館が悲鳴を上げている。人気の無い京都駅前で客待ちをするタクシーの異常に長い列を見ると、涙が出そうになった。オーバーツーリズムと叫ばれ、インバウンド客はちょっぴり白い目で見られていた頃が懐かしく思い出される。

そんながらーんとした京都のあちこちで、今年も桜がきれいに咲いた。誰にも見てもらえない桜がかわいそうで、ひっそりと一人で訪ね歩いた。

そんなある日、東山の『ねねの道』を通っていたとき、偶然和風スイーツで有名な老舗のカフェの前に出た。桜のシーズンだというのに店は閉まっていた。ふと一年前にここで起こったことを思い出して、胸が熱くなった。

二〇一九年の春、イギリスから来た中年のご夫妻を案内していたときに、この店に立ち寄ったのである。座敷に座ってカップルがお茶を飲んでいる間、私は近隣をリサーチして回った。

三十分後に戻ってきたとき、二人はまだ楽しそうに話をしていた。朝、新幹線のホームで夫妻を迎えたとき、二人の間に隙間風が吹いているのを漠然と感じた。ところが、哲学の道、蹴上インクライン、そして清水寺の桜を見ている間に、隙間風が春風に変わる気配がしてきたのだ。やがてビューティフルを連発しながら桜を見上げる奥様の肩に、ご主人の手がそっと置かれた。そのまま桜のトンネルの下を歩き続ける二人は、まるで映画の一シーンのようにスタイリッシュだった。

歩き疲れて入ったのが、この鯉のいる池がある和風カフェだった。まるで恋人同士のようにおしゃべりをしている二人の邪魔をしたくなかったので、私は、リサーチから戻った後、池の前に座って見事な鯉が泳ぐのを見ていた。すると、カフェのご主人から、ガイドさんですか、と訊かれた。そうです、と答えると、彼はすぐに店の中に向かって声をかけた。

「ガイドさんにコーヒーを出してあげて。ずっと待ってはるから大変や」

その後、店のテーブルに座っていただいた薫り高いコーヒーの美味しかったこと。朝からの緊張感がどっとほぐれて、桜の花の下で踊り出したい気分になった。ご主人の細やかな心遣いのおかげで、その後のガイドは、とても気楽にできた。

夕方、すっかり仲良しカップルに変身した夫妻は、新幹線に乗って東京に帰った。乗り込む前に、奥様がギュッと私をハグして囁いた一言が今でも忘れられない。

「素晴らしい一日をありがとう」

ガイドをするときは、常に一期一会を念頭に置いて、心をこめて案内させていただく。だから毎回、新幹線が見えなくなるまで、ホームに立って見送る。あるとき、ピタッと抱きついてきて別れを惜しんでくれたスイスの坊やがいた。一日限りだが、年の差を乗り越えて親友になった坊やと私、つくづく幸せな職業だと思う。

去年あんなに賑わっていた店の前の、今は人っ子一人いない通りに立って暫し思い出に浸った後、考えた。こんな春が来ることを誰が想像しただろうか、と。


あれから、早や一年が過ぎた。今年もあちこちで桜が美しく咲いた。それなのに、海外からの観光客は戻らず、コロナは一層猛威を振るっている。

その中で、昨年と違うことが一つある。それは、桜を愛でる日本人観光客が増えたということ。一年以上続くコロナ禍の中で、だんだん人々がその状態に慣れ、ごく普通に出歩くようになったのである。

そのことは、京都だけではなく、全国で同じ傾向が見られる。特に若者は大声で話しながら街を闊歩したり、電車の中で笑い合ったりしている。若者だけではない。スーパーでは、お年寄りが食品の前で声高に噂話に花を咲かせているし、連れ立ってお出かけする姿もよく目にする。昨日は本屋でマスクをせずに咳をしながら、本を選んでいる中年男性を見た。マスクをしてくださいと言うと、三白眼で睨まれた。

このように人々にゆるみがでてきた結果、コロナウイルスの終焉がますます遠のくことになっている。誠に残念なことだ。

今回のコロナ禍で痛感したことがある。それは、風邪以外マスクをする必要のない日常生活が、如何に貴重なものだったかということ。あの頃は、レストランで友達と笑いながらランチを楽しみ、週末や休日には好きな場所に旅ができ、収入の心配をせずに暮らすことができた。

残念なことに、あの鮮やかな色をした鯉のいる池がある、老舗の和風カフェは廃業してしまった。コロナ終息後インバウンド客が戻ってきても、もうあの薫り高いコーヒーを飲んでもらえないと思うと寂しい。

コロナが私たちから奪ったものは大きい。大切な人々の命を、ごく普通の幸せな生活を、子供たちから伸び伸びと学校生活を楽しむ権利を……

ただ、大きなことを学んだ。それは、感謝の気持ちをもって、謙虚に生きるということの大切さだ。

当たり前のようにじゃぶじゃぶと使ってきた資源、平気で捨てていた食べ残し、ネット上の中傷やいじめ。コロナ後、そういったことに対して人々がもっと真摯な気持ちで向き合う世の中が現れるのではないだろうかと、期待をしている。

私も変わった。これからの人生を、もっと社会の問題に目を向けて、微力でもそれに貢献して生きたいと願うようになった。大切なのは物質面の豊かさよりも、心の豊かさだと気付いたのである。

「ガイドさんも大変や」と言ってねぎらってくださったカフェのご主人、「素晴らしい一日をありがとう」とハグしてくれたイギリス人女性。あの頃は忙しくてあまり気にもかけていなかったが、今ではそういった思いやりや心の絆がとても愛おしく思える。

コロナ禍で、最終段階にある私の人生設計も変わった。守りの姿勢に入るのではなく、もっと前向きに生きて行こうと考えるようになった。先ず第一に、忘れていた夢をかなえるのだ。

高校生の頃から小説家になるのが夢だった。クラスで私の小説が回し読みされ、担任から「続きはまだか」と言われたこともあった。

あれから半世紀以上が過ぎたのに、未だに果たせず宙に浮いたままの夢。今こそ夢の実現に向かって、最後の力を振り絞って突っ走るのだ、そのためには心身ともに鍛える必要がある。ぼーっとしてはいられない、限られた時間を有効活用しなくては。

繰り返しになるが、コロナ禍のおかげで、たった一度の人生、本当にしたいことをやらねば、と思うようになった。

悪いことばかりではなかったとわが身に言い聞かせながら、ポワロ曰く灰色の脳に鞭打って、せっせと文章を書いている今日この頃である。

# 「なんか」やれる！

阿部　松代

「新型コロナウイルス」に振り回されっぱなしの日々が続いている。仕事でも私生活においても、いまだ「変化」についていけない自分がいる。毎日、下を向いてばかりいたが、Ｓさんの言葉に、思い切りネガティブだった姿勢を反省させられ、いま、自分が少しずつ変わってきているのを感じる。

私はある財団法人で月刊の機関誌の編集事務を担当している。おもな仕事は企画に合わせて取材先のアポイントをとったり、記事を整えて確認をとったり、完成した機関誌を関係各所に送付したりすることだ。

これまでは比較的問題なくやれていたのだがコロナ禍になってからは、対面での取材ができなくなり、国際郵便がストップして海外への発送がままならなくなった。

編集部に所属する記者のなかにはオンラインでの取材を苦手とする者も少なくなく、アポイントを取るのに手間取った。取材先もテレワークになっていたりして、予定の立たない状況に、このままでは休刊を余儀なくされてしまうと頭をかかえた。

職場はもうすぐ五十周年を迎えようとしていた。そんな記念の年に休刊だけは免れたかったが、「もう無理かも」と、なかなか力がわかずにいた。どこかで甘えがあったのだ。

「自分だけじゃない、みんなも辛くて力が出ないはず……」

そう思い、いっしょに愚痴を言い、仕方がないよねと傷をなめ合ってくれる人を探した。

しかしある日、隣の部署を見てハッとなった。その部署はこれから海外で暮らすことになる子どもや大人向けに講座を運営しているのだが、チームリーダーのSさんはこの状況に戸惑うどころか生き生きと動いていたのだ。

緊急事態宣言で対面での講座の開催が困難になり、当初は講座中止の手配に追われ、今後の見通しも立たず、部内には暗雲が立ち込めていた。それがいつの間にかオンラインでの開催を軌道に乗せ、その後は臨機応変にコロナ禍にマッチした内容にしたり、従来の開催様式にとらわれない柔軟な対応をしたりすることで、以前よりも受講者数を伸ばし好評を得ている。

自己アピールをする方ではないSさんはこれまで職場では目立つ存在ではなかった。自然体で欲もなく、何かトラブルが起きてもテンパったりせず、常におっとりした雰囲気だ。仕事を「頑張る」タイプではない。きっとSさんなら、いっしょに「休刊とか休講になっても仕方ないよね」と言ってくれるものだと思っていたのだ。

しかし、あてが外れた。彼はコロナ禍に入ると、得意のＩＴ関係を駆使し、いち早く講座をオンライン化させ、ことごとく成功させてチーム内を盛り上げていたのだ。

自分だけが取り残されてしまうと焦った。さっそく、Ｓさんに機関誌について困っていることを相談すると、オンラインでの取材をスムーズに行うテクニックを教えてくれる。

「あとは、ライターさんに慣れてもらうことだけど、取材先だって慣れていないはずだから『初めはうまくいかなくて当たり前』という気持ちをお互いで共有してもらうことが大切だと思うよ」

私はどう進めていけばよいのかという技術的なことばかりを考えていたのだが、肝心なのは気持ちなのだと気づかされた。Sさんのチームを見ても、彼はリーダーとしてチーム員を引っ張っていくというより、みんなが働きやすくなるように環境を整えて「失敗してもいいんだよ、大丈夫だよ」という雰囲気を醸し出すことに徹しているのが伺えた。いままで経験したことのない事態にみんなが戸惑っている。安心して前向きに取り組んでもらえるような空気感をつくることこそ、私がしなければいけないことなのだ。

そして、機関誌を海外に送れなくなっていることについては、冊子をＰＤＦにしてメールで配信したらどうかと具体的にアドバイスをしてくれる。

「これからの時代、冊子のＷＥＢ化を本格的に考えていくのだとしたら、いいチャンスだと思うよ。いまなら失敗は許されるからさ」

その笑顔に励まされた。実際、ペーパーレス化の進む時代になって「いつまで冊子での発行を続けるのか」といった声は多くあり、その対応を迫られていたのだ。

編集部内でも話し合い、とりあえず海外発送分に関しては緊急措置としてＰＤＦにしてメールで配信するようにした。作成している機関誌は営利を追求するものではなく公益性の高い冊子のため、不用意な拡散は避けてほしいとお願いしたうえで、関係者内での転送を可とした。「これまで同様、冊子を送付してほしい」といったクレームがくるのではないかと心配していたが一件もなく、杞憂に終わった。

海外では新型コロナウイルスの感染拡大予防のため、日本より厳しく外出や人との接触を制限しているところが少なくない。そんななか「メールで機関誌を仲間内で共有できるのは有り難い」という反応や、「辺鄙な地域に住んでいるので冊子が届くまで時間がかかっていたが、メールでの配信になってタイムリーに読めるのは嬉しい」という声が多数寄せられた。反応のほとんどが「お互いがんばりましょう」というもので、大変励まされた。

これまではクレームがあると、そのトラブル自体ばかりを問題視していたが、お客さんが本当に見ているのは「そのトラブルに対していかに誠意をもって対処するのか」なのかもしれないと思った。

ひとはみんな「温もり」を求めている、そしてこちらが誠実に向き合えば「温もり」

を返してくれるのだと感じた。

ひとまず軌道に乗せられたことをSさんに報告すると、これからが楽しみだねと言う。しかし私は素直に頷けなかった。いまは緊急事態だから許されるが平時に戻ったらどうなるのかと不安でいっぱいだったのだ。

躊躇していると「大丈夫だよ」と微笑む。そしていま、彼が考えている新しい講座の企画書を見せてくれた。子どものみを対象にしたオンライン講座。講師が子どもと対するだけでなく、大学生にも「先輩」として参加してもらい、場を盛り上げてもらおうというものだ。多くの大学が授業をリモートで行い、通学を制限しているからこそ大学生に参加してもらえると嬉しそうだ。

「この企画、コロナ禍になる前だったらやらなかったと思うし、コロナ禍だからこそやってみたくなったんだ」

私が感心していると、言う。

「なんかやれるもんだよ」

どんなときであっても誰にでもできることが必ず「何か」あるというのだ。そして「案ずるより産むが易し」で、「なんか」やれてしまうものだと。有言実行しているSさんに言われると、私も「『なんか』やれる」はずだと力が湧いてきた。諦めたり投げたりせずに、気軽なポジティブさを持ち続けることの大切さを痛感した。

ふと思った。Sさんの「おっとり」は、問題を感じていなかったり、問題から顔を背けたりしているのではなく、「『なんか』やれる」という揺るぎない信条があるからなのだろう。

その後、ＰＤＦ版を送って満足するのではなく、ＰＤＦ版だからこそできることを見つけようと改善点を探った。たとえば、これまでは予算的に誌面は白黒だったが、印刷しなければカラーにできる。リンクを貼ることもできる。目次からその記事のページに飛ばすこともできる……可能性がいっぱいなのだ。

先日、久しぶりに会った友人がしているマスクを見て、思わず頬が緩んだ。小さなカエルがたくさんならんだかわいい絵柄だったからだ。前回、会ったときは普通の白いマスクだったので、何か心境の変化でもあったのかと聞いてみると、小学生の娘さんがマスクを嫌がり学校に行くのが億劫になっているようだったので、その気持ちを少しでも軽くしたいと考えたのが楽しい絵柄でマスクを作ることだったと話す。それは大当たり。毎朝、娘さんが楽しそうにマスクを選ぶ姿に、いまでは自分用にもご主人用にもマスクを作り、家庭内ではポジティブマスク、「ポジマ」と呼んでいるらしい。

当初はマスクを前向きにとらえるために考えた呼び名だったようだが、実際よいことが起きているらしい。きっと、ポジティブな気持ちが幸運を呼んでいるのだろう。

彼女が自分のマスクを指さして「これは買い物に行くときの勝負ポジマなんだ」と言うので理由を聞くと「いいものがたくさんカエル」と元気に笑う。マスクのカエルたちが一斉に揺れて思わず吹き出した。

さらにあるお昼どき、通りの脇に車を留め、手を叩きながらお弁当を売っている人がいた。見れば、マスクにはマジックで鮮やかに「いらっしゃいませ」、着ているTシャツには「美味しいよ！」と書かれている。大きな声での呼び込みが自粛されているなかでの工夫なのだろう。その姿勢に、お弁当が美味しく見え、買いたい衝動にかられた。そして思った。

「私にはやれることがまだまだある。なにかできるはず、なんかやれちゃうはず……」

何が起きても「絶対に無理」ではないのだろう。

新型コロナウイルスの影響で多くのひとが亡くなり、苦しんだ。仕事を失ったひとも少なくない。安易に言うことは決してできないが、辛いときでもひとは「『なんか』やれる！」のではないか。

みんなが希望を持ち、前を向いて行動できるようになったとき、新型コロナウイルスは終息するのかもしれない。

# 会話のオンライン化から考える

松田　花奈

二〇二〇年二月最後の木曜を、今でも鮮明に覚えている。この日の夕方、政府は三月からの一斉休校を要請した。何かスゴイことが起きたらしい――実感を伴わないまま、当時高校二年生だった私は、翌日普段通りに登校した。期末テストは中止、生徒会年度末決算審議もなし、明日までに荷物を全て持ち帰ること。学校の慌ただしさを目に、私の頭にはなぜか「明治維新」の四文字が浮かび、離れなかった。何か新しいことが始まる兆候を、肌で感じていたのだろうか。

はたしてその後、家族以外の人との会話が全てオンラインになるという「維新」が起きた。ここでは会話を、「リアルタイムの、発声による双方向コミュニケーション」と定義する。したがって、チャットでの意思疎通や、一方が話し他者は聞いているだけという状況はここでは会話と見なさない。逆に、質疑応答など発言に対して応答がある場合は双方向コミュニケーションであるから会話とする。私の身の回りでは、担任との面談、生徒会の議論をはじめ、友達との他愛ない会話もZoomやSkypeといったオンラインツールを通して行われることが一瞬にして当たり前となった。そこで私がしみじみと感じたのは、対面での会話がいかに快適でやりやすく、また繊細で複雑な活動であったか、ということである。

日本語には「空気をよむ」という言葉がある。幅広い場面で使われるフレーズだが、私は会話こそその真骨頂ではないかと思う。昨年4月、互いの顔を画面越しに見ながら、五人の親しい友人と会話をしていた時のことである。私が話し始めようとすると、ほぼ同時に友人の声がイヤホン越しに聞こえてきた。気付いて私が話を止めると、向こうも話を止めていた。では、と思って私が再び話し始めると、ほぼ同時に再び友人の声が聞こえてきた。そして双方また話を止める…。対面で話していた時にもこのような場面が全く無かったわけではないが、オンラインでは明らかに頻度が上がり、時にじれったく感じられた。当初は通信のタイムラグに因るものとばかり思っていたが、原因は他にもあると考える。

私の考察は以下の通りである。対面で複数人と会話するとき、我々は他者が話し始める兆候を文字通り「空気をよむ」ことで察しているのではないだろうか。まず注目したいのは、発声の前に息を吸う動作・音である。同じ場にいる人々と会話をするときは、他者が息を吸う、または吸いそうな様子を見聞きして、「あの人が話し始めそうだ」と察する。わずか0・2秒にも満たない間の出来事であろうが、我々はしっかりとこれを見極め、一瞬のうちに自分が話し始めるか否か判断しているのだろう。実際、オンライン上の会話でも、相手がマイクロフォンなどを使っていてその息遣いまで聞こえてくる場合では、相手の発言が終了したか否かが分かり、会話が幾分かスムーズになった。これは、息継ぎをする音が聞こえてくれれば相手がまだ話し続けると判断でき、自分の発言を控えられたからである。

このように「空気をよむ」ことは、非常に繊細な活動であり、相手との間に一瞬のタイムラグもないという状況でしか成しえないことである。会話がオンライン化し独特の違和感を覚えて初めて、これまで無意識に行ってきたであろう動作が意識下にのぼり、その重要性に気付かされた。同時に、発言を始めるという些細な動作一つをとっても、我々がいかに多様な情報を統合しているかという発見には、驚かされずにはいられない。

会話において五感をフル稼働するのは、話し始めのタイミングをうかがう場合だけにとどまらない。とりわけ自分が発言している最中には、相手の反応という視覚情報は極めて重要である。私がこれを切に実感したのは、休校期間中に、世界中の中高生が参加するオンラインの模擬国連に参加したときのことである。模擬国連では、参加者が国連会議における各国の大使になりきって各々の国益のために議論や演説を繰り返すが、私が一番緊張するのは質疑応答という「会話」の時間である。特に、議題をめぐって国益上対立関係にある国とのやりとりは手に汗握るものがある。オンライン会議では、全参加者の顔がパソコンの一画面に映るわけではないし、画面上の一人ひとりの顔は小さいので、発言中に相手の反応を伺うことがほとんどできない。そのため、自分の意図が本当に伝わっているだろうか、と不安になることが多々あった。また、一般に画面には顔しか映らないので、画面の向こうで他の参加者が何をしているのかは分からない。すなわち、自分の発言のあら探しをしようと躍起になってメモを取っている大使の姿さえ見られないのである。

このような状況にいくらかでも不安を覚えたということは、対面では他者の反応を無意識にでも絶えず気に留め、確かめながら発言しているという証拠に他ならない。発言中に相手がうなずいてくれること、顔色をサッと変えてくれること、メモをとってくれること。こういった全ての反応を受けて自分の言葉が相手に伝わっていると確認できることが、どれだけ大きな安心感や話しやすさに繋がっているのかに初めて気付かされた。

さらに、発言中に認識する相手の反応は、発言の内容そのものにも影響を与えうると考える。私がこれを感じた最も顕著な例は、大学入試での面接である。例年は対面で行われているが、私が受験した二〇二一年はオンラインでの実施となった。途中どうしても通信状況が悪くなってしまい、両者ともにビデオをオフにしなければならなくなった。つまり、実質的には電話面接となったのである。そこで私が感じたのは、面接官の顔を見て話すことができた前半とは比べものにならない緊張感と、いささかの恐怖である。

前半は面接官の反応を見て、回答を聞いてくれていることはもちろん、自分がある程度的を射た発言をしていそうだと確認することができた。それにより、今の話を自信を持って続けてよいか、または早めに切り上げるべきか、無意識にも判断してきたのだと思う。普段の何気ない会話を振り返ってみても、自分の発言に対し相手がつまらなさそうな顔をしていたら、この話はおしまいにしよう、と考えるのと同じ具合である。面接の後半では、こうした調整が全く利かなくなってしまったのが緊張感や恐怖の原因だったと思う。すなわち我々は、発言中は絶えず相手の反応を認識しフィードバックとして利用し、時には発言内容を調整しているのであろう。これは、スピーチのように、自分の意見をあらかじめ用意してきた原稿通りに一方的に述べ続けるのとは全く異なる、会話特有の活動である。

これまでは「空気をよむ」ことや相手の反応を認識することといった広範な視野を中心に扱ってきたが、最後によりミクロな視点を導入したい。それは、口の動きという視覚情報が会話、特に発音のスムーズな理解に貢献する、という点である。オンライン上での会話という文脈からは逸れるが例を挙げると、私の妹の名前は「まな」であり、自分の名前「はな」と音が酷似している。実際、母に呼ばれた時ですらどちらが呼ばれたのか聞き分けられないことは日常茶飯事である。もし母の口の動きを見られれば、発音前に口を閉じたら「まな」、そうでなければ「はな」と容易に見分けがつくであろうし、事実、向かい合って話している時に「まなとはな」「はなとまな」の二つを聞き違えることはまずない。

私が口の動きという視覚情報の重要性をはっきりと認識したのは、大学でのスペイン語会話の授業でのことである。当初対面で授業が行われていたときは、マスクのために教授の口の動きが見えず、音は分かってもいまいち真似て発音が出来ずもどかしく思っていた。スペイン語に初めて触れた私にとって、巻き舌などもっての外であった。そんな状況を見事に打開したのが、他でもないオンラインでの授業である。全員が自室から授業に参加できるのでマスクをつける必要がなく、学生は教授の口の動きを間近で見られるようになって、発音の練習の際に非常に役に立った。さらに、スペイン語で出される教授の指示を聞き取る際にも、音声だけの場合より、それを発音している教授の口の動きをじっと見ていた場合の方が格段によく聞き取れたという確かな実感がある。このスペイン語の授業を受けた時、対面の代替としてのオンライン上の会話に概ね否定的な感想を持っていた私の態度が、一気に覆ったといっても過言ではない。同時に、特に発音を聞き取る場合に、我々がいかに視覚情報にも依存しているかを再認識した。

以上のように、一見すると音声だけで行われ得るように思われる会話は、他の様々な感覚情報によっても支えられ、よりスムーズで安心感のあるものとなっている。私がこれまでに取り上げた論点は、「空気をよ」んで発言のタイミングを見極めること、相手の反応を確認し利用すること、そして相手の口の動きを見て理解の補助とすること、の三点である。これらの活動の中には、オンラインによって制限されるものもあれば、逆にオンラインだからこそ可能になったものもあった。

会話のあり方は、コロナ禍での急速なオンライン化に伴い、いま大きな転換点を迎えている。大切なのは、オンライン上で何らかの障害にぶつかったとき、それを単にオンラインの欠点として非難・諦観するのではなく、そこから対面での会話について考察を深める事だと思う。対面でしか味わえない良さが十分に分析できなければ、オンライン特有の不便さの改善の手掛かりは掴めないからである。また、真新しいものを端から拒絶せず、とにかく試し慣れようという姿勢は、まさに明治維新を生きた先人たちから学ぶべきであろう。令和初頭が、のちに「会話維新」の時期として朗々と語り継がれることを願っている。

# 二十六年目の挑戦
## ～コロナ禍という追い風～

川上　祥子

二〇二〇年二月二十七日、突然の「休校」となった。「このクラスもあと一ヶ月か。」と、寂しく感じ始めた頃だった。教員生活二十五年間で初めての出来事に戸惑った。

子どもたちに会わないままの三月は、不思議な感覚の毎日だった。例えるなら、鮮やかな流行の洋服が並ぶデパートで、一人佇む店員のようだった。素敵な春物商品を見てほしい、着てほしいと、歯がゆい思いが続いた。

我が家では、受験生が不安な表情も見せず、マイペースで勉強している。家族と一緒に過ごす時間が少し増えて、安心しているのか窮屈なのか。クラスの子どもたちもこうなのだろうか、来年度への希望を込めて一人一人にハガキを書いた。「宿題は進んでいますか。」と。

通知表を渡せぬまま、四月を迎えた。校門の桜はもう散っていた。始業式の日、目を輝かせた子どもたちが新教室に入ってきた。マスクで半分しか見えないながらも、その表情に希望が溢れていた。新しい仲間との出会いを喜ぶ姿の中、空席もあった。「コロナが怖いから電車に乗れない。」そんな理由だった。

非日常から日常に戻り始めるのかと感じ始めた時、再度の休校となった。二度目の休校は、私にとって不思議な時間から焦りの時間になった。「学びを止めてはいけない。」と強く思うようになった。テレビからはオンライン授業、オンデマンド授業という言葉が聞こえてき始めた。学びを止めないためには、学校と家庭が繋がっていなくてはならない。また子どもたちにハガキを書いた。「学びを止めないで。」とのコメントにどれだけの子が目を留めてくれたことだろう。

向学心はもちろん、学ぶエネルギーを継続させる工夫が必要だと悩むようになった。

そんな時、職員室の電話が鳴った。

「学校の宿題がおかしい。」

保護者からだった。『家にあるもので工夫してマスクを作りましょう！』という家庭科の宿題についてだった。

「ゴムが無いから買い物に行かないといけない。そこで感染したらどうするのか。この宿題は取り消してほしい。」

　こちらが求めているのは「無いから買う。」ではなく、「あるものを利用する。」なのだ。しかし、その保護者には伝わっていない。つまり、学びの意義を子どもたちに理解させるには、保護者にも理解していただかないといけない。コロナ禍での家庭学習には家庭の力が必要なのだ。休校中の課題は、プリントを配布して説明し、持ち帰らせていた。もちろん保護者会などできていなかった。

　そこで、学校ホームページにお便りをアップすることにした。週に一度は宿題に関わる資料や提案を紹介した。それを見た保護者から、「わかりやすい。」「親子で話ができた。」、というコメントが返ってきた時は、本当に嬉しかった。孤立してしまった家庭と学校と社会との架け橋が見えたような気持ちになっていた。

　五月半ば、初夏の風を受け、登校日が実施された。三時間ほどの滞在時間の中で、クラスメイトとの再会を楽しみ、課題を提出し、新たな課題を受け取り下校した。共有する場面がない家庭学習では、他者からの刺激は無いだろう。家庭との繋がりであるホームページには、子どもの作品をできるだけ多く掲載した。

五月に入って、次の挑戦を始めた。動画を、ホームページにアップして、それを見ながら子どもが学習できるオンデマンド授業。何度でも繰り返しその授業を受けられるのだ。スライドに声を入れて録音すれば完成だ。得意な先生に頼めば手品師か神様かと思うほど一瞬でできた。彼は「お役に立ててよかったです。」のプレゼントをいつも贈ってくれた。私も、「もっとできるようになりたい」と思った。

五月が半分過ぎる中、各クラスでオンライン朝の会をしようということになった。担任が企画しなければならない。Zoomを使いなさいと指示が出た。てきぱきと準備を進める同僚たちに圧倒されながら、Zoomの勉強を始めた。『Zoom氏』との出会いは衝撃的で、彼はたくさんの可能性を私に与えてくれた。オンライン朝の会は、学年の先生のサポートがあり、なんとか準備は進んだ。

一回り以上年下のサポーター先生は、私に説明した後いつも、こう言ってくれた。

「先生のお役に立てて良かった。」

本心なのか。「こんな物分かりの悪い先生で大丈夫か。」と思っているのではないか。申し訳ない気持ちとできるようになりたい気持ちでいっぱいだった。

学校側の意向は、「パソコン画面であっても、担任の顔を見たら安心するだろう。」であったが、我が家の高校生はこう言った。

「顔みたいのは、若い先生でしょ。朝から見たくない先生もいるよ。」

叱ったが、なんとなく気持ちはわかる気がして、受け入れることにした。充実した十五分間を過ごすために、健康観察はいつも通りの保健委員がすることにした。友だちの笑顔が画面に表れて、嬉しいに違いない。

朝の会二回目には、クイズをしようと思いついた。クラスの係の子に電話したところ、Zoomの使い方をたくさん提案してくれた。そして、次の朝の会までに係の子二人と私の三人でリハーサルをすることになった。主導権は子どもたちだ。先生に教える我が子を、母親が見守る姿がパソコン画面の隅にチラリと見えた。「なんと頼もしい息子」「なんと立派な娘」と思ったか、「なんと情けない先生」と思ったことか。

子どもによるオンラインクイズ大会は予想以上に上手くいった。何より、子どもたちと企画をすることで私がレベルアップした。もしかしたら、教員同士よりもクオリティが高いかもしれない研修の場となった。

初夏の風を肌に感じ始めた頃、コロナの終息が予想できないままに、分散登校がはじまった。クラスの半数ずつの子どもたちが午前午後に分かれて、授業を受け始めた。

二週間後、昼食をはさんでの一日授業へと移行していった。不便な生活から日常へと戻りつつあるかと問われると、私は「日常ではない新日常に変化した。」と応えるだろう。休校中にどんどん進化したＩＣＴの活用が、授業スタイルを新しい様式に変化させていた。授業中、班で一台や一人一台の端末を使って学ぶ。まとめは、プリントでなく「スライドでやってみよう」意見交換は付箋でなく「端末のジャムボードを使ってみよう」という『ＤＸへの挑戦』がはじまった。

二十年以上のキャリアは何なのだろう。ここにきてはじまった急激な授業のスタイルの成長に時間もエネルギーも足りなかった。一方の子どもたちは、すぐに順応した。スポンジのような吸収力には感心するばかり。子どもが授業で発表するスライドを見ながら、「すごい、動きもあるね、わかりやすい。」と心から褒めた。

秋らしくなったある日、私の担任するクラスのAさんが数枚の用紙を持ってきた。

「先生、これをみたらわかりやすいです。」

スライドの詳しい操作方法をパンフレットのように作っていた。私のために作ってきたと言う。口数の少ない彼に伝えた。

「ありがとう。」

「また僕に聞いてください。」

と応えた。それからしばらくして、

「これもみてください。」

新しい説明書を作ってきてくれた。前回と同じ、既成のものを貼りつけたのではなく、すべて手作りのものだった。忙しい時期であったが、Aさんのおかげで、言葉通り「心が弾む」と表せるような嬉しさをエネルギーに教材研究を進めることができた。

私は、Aさんのお母様に電話をした。多忙な医療現場で働いている医師の母と二人暮らしのAさんは、家でも頼りになる存在であった。お母様は、こう応えて下さった。

「息子が先生のお役に立てて嬉しいです。」

手品師の先生、サポーター先生のセリフと同じだった。でも、一番嬉しいのは私だ。今までできなかったことが、こんな私でもどんどんできるようになっていくのだから。「できなかった」ことが「できるようになる」ことは、本当に嬉しい瞬間だと気づいた一年だった。教師として一番伝えたいことはこれだ。そして、その喜びを共有するのが教師の幸せなのだ。

忙しない二〇二〇年から希望の二〇二一年へと過ぎ、私は自分の授業実践を他校の先生に発表する立場となった。「先進的」「レベルが高い」授業だとの評価に苦笑した。校内でも、「ＩＣＴを積極的に活用している先生」と言われるようになっていた。

コロナ禍は、私にとって間違いなく「追い風」と言える。この一年間の成長は何年分だろう。そして、その風に押されて、一番大切なものに気づかせてもらった。

今日の私は、ピンクのマスクと共に二〇二一年を確かな足取りで歩いている。『Zoom氏』とは、すっかり仲良く会話でき、沖縄県の学校との交流授業もできるようになった。一年後の自分が楽しみでしかたない。きっとコロナ禍の中で、私はどんどん進化していく。

デパートにある色とりどりの洋服。流行りのデザインもある、輸入品もある、伝統的なデザインもある、環境に優しい素材もある。そんな多様な社会の中で、私自身が、学びを止めない。学び続けるロールモデルになる。

教員生活二十七年目はどんな「できた」が待っているのか。目の前の子どもに「できた」をプレゼントできるのか。未来を楽しみながら進んでいきたい。

# 落語家Kのこと

脇本　正治郎

「落語家殺すにゃ刃物はいらぬ。アクビひとつで即死する」、という都々逸があるそうだが、コロナ禍は、嬲り殺しの刑だと中堅落語家はため息をついていた。私の実家が、怪談噺を真骨頂とする師匠とご近所だったので、一門のみなさんとは長年懇意にさせていただいている。

一般企業に勤務する私も、ため息をつくことは多々あるが、このコロナ禍で、先入観で人を判断することの愚かさを学んだ。

大阪の上方落語は、いくつかの定席で演じられている。落語家たちは、定席で満遍なく高座をつとめる。独演会を開催し、一挙に稼ぐのがいちばんだが、満員御礼はごく一部の人気者だけで、お客集めに苦労しているのが実状だった。そのため、小規模の落語会にいくつも出演して糧を得る。場所は会議室なら広いほうで、知り合いの居酒屋やスナックはもちろん、休業日の銭湯で開催することもある。例えば、落語家3人がそれぞれの行きつけの店でトリを演じて、3人が前座をつとめるわけだ。複数のグループに所属することもできるので、落語家仲間や店舗と良好につき合い、もし5つのグループに入ることができるなら、5×3人で、計算上ではひと月に十五回の仕事が手に入る。

ところで、落語家を類型化すると、営業タイプ・研鑽タイプ・破滅タイプの3つに分けられるだろう。人当たりがよく、同年代の落語仲間はもちろん、大御所の師匠たちからも可愛がられ、うまく仕事にありつくのが営業タイプだ。研鑽タイプは、とにかく真面目で落語をよく知っている稽古好きだ。あらゆる落語を聴き込んでいて、3桁のネタをこなせる強者もいるほどだ。破滅タイプは、豪放磊落で社会性は皆無、いくつもの武勇伝を抱えている。落語以上に存在感そのものが落語だ。しかし、どこか憎めずコアなファンを抱えている。

この3つのタイプを比べると、大御所、中堅、若手と年代にかかわらず、概ね7・2・1の割合だ。圧倒的に営業タイプが多い。落語という文化芸能の世界に生きていても、家族を食べさせなければならないので、安定した収入を得たいのは当然だ。

しかし、落語ファンの私は、営業タイプの落語家は好きではない。なぜなら、サラリーマンと大差なく自分自身を観ているようでつらくなるからだ。だから、研鑽タイプや破滅タイプに魅力を感じていた。学者肌の研鑽タイプの高座は、マクラの薀蓄がじつに面白く、噺の登場人物のアドリブも秀逸で、プロならではの技に思わず唸らされる。無頼派の破滅タイプには、浮世離れした非日常感を感じることができ、アウトロー的な生き方に憧れを抱けるからだ。

懇意にしている一門に、Kという落語家がいる。典型的な営業タイプだ。妻子がいる四十代前半の中堅だ。正直にいって、それほどのファンではなかったのだが、あるお寺で開催された地域寄席で、Kは自作の人情噺を演じ、聴いた私は、不覚にも感動して涙を流してしまった。それが縁で彼の後援会の末席に入会し、人柄にも触れることも増えていった。Kは、やはり一般社会の常識人だった。落語家たちとソツなく仕事を回し合い、コンスタントに高座に上がる彼は、営業マンそのものに見えた。

しかし、Ｋは、研鑽タイプと破滅タイプの落語家同様、落語関連以外のアルバイトをしないことを知った。意外だった。一部の人気落語家以外の営業タイプは、なんらかのアルバイトをして収入の足しにしているからだ。私は、Ｋの新たな一面を知った。

落語家には、ボーナスはない。サラリーマンの平均収入を四百万とすると、月割りでは手取り約三十万だ。ひと月十五回の高座だけでその金額を稼ぐのは到底無理なので、Ｋは、落語教室を開講したり、自作落語のＤＶＤ販売などで収入をギリギリ確保しているという。私はＫに、落語だけで稼げるのはいいねと無粋なことをいったことがある。彼は嘲笑したが、どこか誇らしげでもあったのを憶えている。

令和2年初春、落語家たちは、夏を過ぎればコロナも終息するだろうと楽観していた。しかし、あらゆる落語会の中止と無期延期が続いた。そのころ、しばらく会っていなかったＫからメールが届いた。話がしたいとのことだった。彼が指定したのは大阪城公園だった。晴天で風の爽やかな午後だった。私たちは、缶ビールを飲みながら世間話をはじめた。Ｋが語る落語家たちの現状に驚いた。

新作落語仲間で営業タイプの同年代Ｔは、奥さんの実家の静岡に引っ越し、茶摘みをしていそうだった。巨漢のTが、茶の葉を剪定する姿を想像し、爆笑した。しかし、銘茶として国内だけでなく海外でも人気が高く、Tは、生産から販売まで関わる超多忙な日々を過ごし、転職も視野にあるとのことだ。

同じく営業タイプの若手Sは、オンラインで中学生対象の塾講師と家庭教師をし、一躍人気講師として安定した収入を確保していると羨んでいた。考えてみれば、話術のプロである落語家が、面白おかしく講義できるのは当然かもしれない。地方の教育大学卒で温和な性格のSには適職だっただろう。

研鑽タイプの中堅Mは、仕事がない機会に、埋もれた古典落語の発掘をしているそうだ。しかし、収入が全くない独身のMは、頼る人もおらず、街キンから毎月借金を重ねているとのことだ。バクチ目的の借金ではないので、誰も見て見ぬふりをしているが、このままなら破綻すると、Kは憂慮していた。

数少ない破滅タイプの中堅Yは、消息不明だそうだ。コロナ発生以前から女性宅に居候のような生活をしていたが、コロナ禍で収入が激減した女性宅に居づらくなったのか、高座用の着物以外の荷物を部屋に残して姿を消したらしい。いつか戻ります、と師匠にだけは電話連絡があったが、現在も行方知れずとのことだ。

ほかの落語家たちの現況も、Ｋは落語のマクラのように、笑いを放り込みながら教えてくれた。しかし、聴いているうちに、私は落語家を３タイプに分類していたが、非常時には、仮面が剥がれるように、人間の本質は露呈されるものだと気づかされた。

「オレなんですが……」

売店で３本目の缶ビールを買ってきてくれたＫは、プルトップを外す音を合図にして、一気に話し始めた。落語会も落語教室も開催できなくなったＫは、投げ銭リモート落語会や落語教室を立ち上げたと真剣な面持ちでつぶやいた。すでにＫから後援会向けラインで告知されていたが、寄席で聴くのが好きな私は、リモートには二の足を踏んでいた。そのことを詫びると、やはり落語はライブですよねと、申し訳なさそうに何度も手を振った。落語教室は、ｗｅｂ環境がない受講メンバーは不参加だが、受講料は同額のまま継続されているとのことだった。私は、思い切って訊いた。

「それで？」

Ｋは、しばらく沈黙したままだった。

私は、こちらから言葉を投げるかどうかを躊躇した。Kが、言葉を探していることは、すぐに理解できた。Kの右手の缶ビールが凹んだ。Kは今、自己のプライドと葛藤していることが痛いほど伝わってきた。

「あの」

「あっ」

ほぼ同時だった。

「えっ、なんですか？」

Kが、私をうながした。

Kからメールが届いたときから気づいていた。それまで、Kと私とは、私的なメールのやりとりはなかった。コロナで経済的に逼迫し、借金を頼みたいのだろうと、簡単に予測できたからだ。しかし、そのとき、私の口から出た言葉に、私自身が驚愕した。

「クラウドファンディング、しようか」

「はあ？」

突然の申し出に、混乱しているようだった。

私は、貸せる金額なら、二つ返事で貸すつもりだった。彼の性格から借金を反故にするとは思えない。そんなことよりも、タニマチでもない私が、金銭の貸し借りで、Kと暗黙の上下関係ができることは避けたかった。

私の提案は、以前にお寺の落語会で感動した地域寄席がよみがえったからだ。それは、地域文化継承のために、各地のご当地新作落語の創作をする計画だった。まず、後援会メンバーたちの地域から開始し、クラウドファンディングでKの経済支援を継続する方法だ。Kに新作落語創作料とリモート出演料を支払うことができるのだ。

私は、計画を一気に説明した。話すうちに、実行する意欲がさらに高揚してきた。Kが落とした缶から、ビールが溢れる。Kは、両手で顔を覆って嗚咽していた。私の提案がうれしかったのだろう。しかし、それ以上に、アルバイトさえ躊躇していた彼にとって、借金を頼まずに済み、プライドを守れた安堵感がそうさせたのかもしれない。

私は、このコロナ禍において、先入観で人を判断する愚かさを学んだ気がする。非常時は、化ける選択肢さえ人から奪うことを知った。コロナ禍以前は、営業タイプの落語家と半ば揶揄していたKの本質は、極めてストイックで、真摯に落語に向き合う人間だった。

クラウドファンディングは、おかげで目標額を超えることができた。私が知らなかったKの本質が周辺を動かしたと思う。

満席の寄席小屋で、大きな笑いが響く日が待ち遠しい。

# 終章　コロナ・パンデミック下のロンドンで

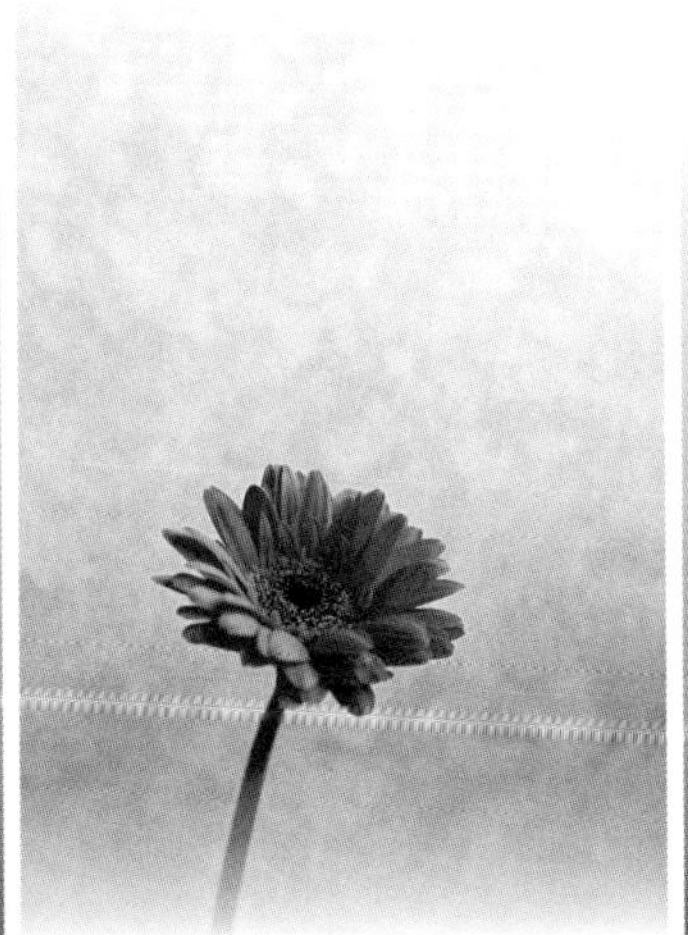

# コロナ・パンデミック下のロンドンで

早稲田大学教育・総合科学学術院
教授　油布　佐和子

## コペルニクス的転回

唐突ですが、「学ぶ」ことには、二つの側面があるように思われます。

一つは、熟練や熟達につながる学びであり、いま一つは、視点や認識の大転換を伴う学びです。前者は、楽器演奏などのように、それに携わった時間の経過とともに腕が上がっていくイメージで捉えればわかりやすいでしょう。また、未知のものについての埋解が少しずつ進むことなども、この例として挙げることができます。これに対して、後者は、それまで抱いていた知識や価値観などが根底的に覆されたり、あるいは、相対化されていくようなことを指します。天動説に対して地動説を唱えたガリレオをイメージすれば簡単です。コペルニクス的転回という用語は、このような認識の転換を示したものにほかなりません。

熟練・熟達が進むとともに、それまでのレベルとは異なる局面に出会うことはありますし、こうした単純な分類は意味がないという意見も出るかもしれません。ただしその場合でも、それ以前に習得された知識・技術・技能に疑いを持つものではないので、コペルニクス的転回とは言えません。

さて、私自身の経験で言えば、「当たり前」と思っていたことが覆される後者の学びについて、大学・大学院時代にそうした強烈な出会いがありました。大学院での少年非行を取り扱った演習の時でした。当時は、非行少年検挙数が戦後第三のピークといわれる時期で、私を含めた受講生は、政府の白書で示された急カーブで上昇するグラフを見て、「子どもが危ない」という主張に疑いをはさむこともありませんでした。ところが、そこではまず、社会的な統計は、事実を正確に反映しているのかという問いが発せられたのです。

――よく見てください。このグラフは、非行少年検挙数で、非行少年数とは違います。実際に少年の犯罪が起こっていても、検挙されていない者はこの数値には反映されません。一方で、「非行」の定義が変わり、基準が変われば、それまで見逃されていた行動も検挙の対象になるかもしれません。一方で、人々が寛容になって非行の定義が緩くなれば、検挙数も減るでしょう。このように社会的な事実と社会的統計とは必ずしも一致するものではありません――

これは社会を理解する理論の一つである社会的構築主義の第一段階の学びでしたが、こうした視点によれば、それまで所与とされてきた少年非行の統計は、非行の統計ではなく、警察の活動記録でしかないという説明になります。この授業では、社会的な統計には「暗数」があることに気づかされ、また、社会的事実とは何かを考える契機となりました。まさに驚天動地の経験でした。

学校での学習にしても、生涯教育における学びにおいても、こうしたコペルニクス的転回は、とても重要ではないかと考えます。それは、多角的に多面的に事象を見る態度や、様々な問いを生起させ、広い視野と深い洞察を私たちに与え、物事への理解を豊かにしてくれるからです。

## コロナ禍のロンドンに住む

二〇二〇年冬、ダイヤモンド・プリンセス号でコロナの集団感染が起こり、二月末に安倍元首相がいきなりの全国一斉学校休校を宣言したころ、私は、ロンドンに滞在していました。勤務校から特別研究期間を取得して、二〇一九年秋から授業や会議を免除され、かねてからじっくりとフィールドリサーチをしてみたいと思っていたイギリスに渡航していたのです。

観光も含めてそれまで何度かイギリスを訪問していましたが、「住民」になるというのはまたちょっと違った経験です。フラットを借りたり、税金や公共料金の支払いのための口座を開いたり、ＴＶライセンスの契約をしたり、イギリス国内の連絡のために携帯電話を準備したりと、生活をするための条件を整えねばなりません。受け入れ先の大学では、身分証明書を作り、ＩＤを付与され、訪問研究者（visiting fellow）としての受け入れに伴う諸々の手続きも待っていました。日本なら簡単に済む手続きもそうはならず、てこずりながらステップ・バイ・ステップの連続です。

日本でのコロナの状況は、当初、遠い対岸の火事でしたが、そのうちに不穏な空気はどんどん強まり、三月末、受け入れ先の大学もロックダウンに入りました。ロンドンの在留邦人は次々に帰国し、受け入れ大学や勤務校からは「帰国が望ましい」とメールが届くようになりました。そのような中、結論を出すのに一週間近くかかりましたが、不安を残したまま私は予定通りの日程で、ロンドンにとどまることにしました。

異郷の地での生活と、前例のないコロナ感染症というパンデミックの下での生活という二重の〈普通ではない〉経験が、ここに始まったのです。そしてこれが、これまで当たり前だと思っていた様々な事柄をとらえなおすきっかけとなったのは言うまでもありません。

## ダイバーシティ〈多様性〉とは何か?

渡英直後、受け入れ教員の誘いで、ある研究会に出ました。報告は、大学入試における学生のバックグラウンドに伴う格差を実証したものでした。ところが、受け入れ教員が称賛するレポートの価値が、私にはあまりわかりません。エスニシティによって、教育機会に差があることはすでに以前から指摘されていたことだったので、何が新しいのか理解できなかったのです。受け入れ教員にもそれを伝えました。

――ロンドンはニューヨークと並んで、スーパーダイバーシティ都市です。ただのダイバーシティではなくて、スーパーダイバーシティという事が重要です。何世紀も前から、世界各地の様々な人がこのロンドンに来て、それはもう第三世代、第四世代の時期となっています。例えば、南欧から来た人の子どもが、中国から来た人の子どもと結婚して生れた子どもは、どのようなエスニシティといえるでしょう？　また、その子が、パキスタンから来た人の子どもと結婚したなら、その子どものエスニシティとは何でしょう？　佐和子は、エスニシティというとき、単純なカテゴリーを想定しているようですが、ロンドンの実態は、それをはるかに超えて、そうした単純なカテゴリーには合致しない実態が進んでいるのです――

古くからの単純なカテゴリーではない、どのようなツールが実態の分析に有用なのか、そのことを論じるのがとても刺激的な論文だったのでした。

確かに、ロンドンはマルクスやレーニンなど、政治的な亡命者も居住していたし、古くから移民はもちろん、難民も受け入れています。このようにロンドンへの来方もまちまちだし、〈黒人〉といっても、アフリカ大陸からロンドンにやってきた人もいれば、西インド諸島からやってきた人もいるわけで、人種だって、簡単に分類できるわけではありません。〈多様な民族＝エスニシティがいる〉というような理解ではとらえきれない実態があるのです。日本にいるときに考えていた単純すぎるカテゴリーを前提にしていたなと、ハッと気づかされた瞬間でした。

## 国民とは何か？

ある日、私が買い物に出かけようとしたときのことです。フラットの入り口で、同じフラットの住人と思われる男性から、何か質問をされました。聴き取りにくい英語で、しきりに「ラディシュはどうすればいいのか？」と聞いてくるのですが、私には訳が分かりません。ラディッシュ？　ラディッシュ（二十日大根）をどうすればいいいって、それは何のことだろう？　「ラディッシュをどうすればいいかって、それは何のこと？」なんていうとぼけた返事と応答を繰り返していると、その男性はちょっと怒ったように「お前は、British（英国人）じゃないのか?!」と言いながら、車のトランクを開けて指さすのです。そこには黒いビニール袋の生ごみ（rubbish）が山のように入っていました。rubbishとradishを聞き分けられない私の英語力も大したものですが（もしかすると、rubbishとradishを言い分けることのできないフラット住人の英語力も大したものかもしれません）、もし正確に聞きとれていたとしても、実物を見せられるまでは何のことかわからなかっただろうと思います。私の英単語の中には、ゴミといえば、トラッシュtrashとガーベッジgarbageしかなかったのですから。ロックダウンに入って、ゴミ収集場所が変わり、困り果てていたのだという事がその時やっとわかりました。

けれども問題は、言葉の話ではありません。私が引っ掛かったのは別のことでした。英語も定かではない、どこから見ても東洋人の年配女性に投げつけた言葉が、「British（英国人）じゃないのか」という、その奇妙さでした。「見りゃぁわかるでしょうに！」「少し話せばわかるでしょうに！」と、あとで、長いことイギリスに住む友人や受け入れ教員に愚痴ったのですが、それ自体、やはり私自身の〈当たり前〉から生じた感覚でした。

当時読んでいた論文の中に、比較的困難な家庭背景の子どもたちが通学する中等学校の事例が取り上げられていました。そこでは、全校数百人の生徒の中で、英語を母語としない生徒が多数存在し、またその母語の数は一〇〇を超えることが報告されていました。Britishという用語は、グレート・ブリテンおよび北アイルランドに属する、あるいは関連するものやその人々を指すと、ケンブリッジ英語辞典には掲載されており、「イギリス国民」を指すと考えてもいい用語だと思います。ただし、この「国民」は、日本にいるときの感覚とはかなり異なります。前述したように、英語を母語としない多数の子どもたちとその家族もまた、Britishなのですから。

日本では、少し前からSNSなどで「本当に日本人か?」「日本から出ていけ」という言葉が目につき始めるようになりました。さらに、目を疑ってしまったのは、ロックアウトに入った日本で、他県ナンバーの車に「来るな」「出ていけ」と罵詈雑言が浴びせられたというニュースでした。「おまえはBritishじゃないのか?!」と言われる奇妙さとは異なり、こういう話は、どこかの国の国民であることをやめたくなるような気持ちの悪さを産みだしました。国民とはいったい何なのでしょう?

## 社会は創るもの

ロックアウトが始まったころのことです。住んでいるフラットの掲示板に、手書きのメッセージが貼られているのに気づきました。それは、「高齢でお手伝いを必要とする方や、買い物などでお困りの方がいらっしゃいましたら、ご連絡ください。私は、若いし、お役に立てます」というような内容で、携帯電話の番号が示されていました。

世の中にはそうした善意の人もいるよ、と、この張り紙をした個人の善意に話をまとめてしまうのはちょっと違うな、と思う出来事が、それから立て続けにおきました。

コロナで休みなく働いている医療関係者（ＮＨＳ／国民健康サービスのエッセンシャル・ワーカー）への感謝の意を表すために、九九歳の退役軍人が、一〇〇〇ポンド（約一五万円）を目的として、一〇〇歳の誕生日までに自宅の庭を一〇〇往復すると寄付金を募ったところ、予想をはるかに超えた二〇〇〇万ポンド（約三〇億円）が集まったというのです。ＴＶでは、いくつもの勲章を付けたトム・ムーア大佐が、歩行器と杖で、広い自宅の庭を行き来する様子を、何日にもわたって報道していました。

日本でも最近、災害復興のためのクラウドファンディングなど、いくつも目にするようになりましたが、プロジェクトのための資金調達と、これは、なんだか違うような気がするのは気のせいでしょうか？

また、誰が始めたのかわかりませんが、春以降、木曜日の夜八時には、コロナと戦う医療従事者のために、ということで、人々が自宅から外に出て、何分かの間拍手をする習慣も生まれました。私のいたフラットでは、フライパンの底をたたいて拍手に替える人もいましたし、道を隔てた家々の玄関では、老夫婦が、また、小さな子ども連れの人が、同じように一生懸命拍手をしているのでした。五月、六月頃は、夜八時でも外は明るく、日暮れにはまだ遠いそんな時刻です。夏の宵に、コロナの閉塞感を、こうした行動で紛らわしているのだという人もいました。また、所詮偽善だという批判もあったようです。けれども、感染が拡大する中で、昼夜問わず働いて、そして次々に感染しては亡くなっている医療従事者の貢献に感謝を表したいという気持ちが、全くなかったとは言えないと思います。日本とは比較にならないほど多くの医療関係者が、重篤化し、また亡くなっていましたから。

さて、受け入れ教員は、私が渡英したまま外部と切り離されフラットで過ごしていることを気にして、Zoomでのミーティングを定期的に入れるなどの配慮をしてくれました。とても忙しい方だったので、週に一度、一時間から二時間、彼女を独占して、ディスカッションや、質問ができたのは、かえってラッキーだったかもしれません。その時の話です。コロナの閉塞状況の中、毎週会っているスポーツクラブの仲間や、友人、同僚に会えない生活は辛い、でも、近所の人たちがそれぞれに助け合って、生活をしているので、このようなときに、私たちが作ってきたコミュニティを誇りに思うと言うのです。「コミュニティ」という言葉は、「共同体」と訳されますし、それは、日本の感覚では「地域」という物理的な場と切り離せません。が、彼女のニュアンスは、少し違っていて、「助け合いができる関係」というような、むしろ人間関係の方に重点が置かれていたのが印象的でした。

出身地も違い、それぞれに持っている文化もまちまちだけれども、ここブリテンに集っている我々は、お互いを尊重し、感謝し、助け合っていこうという、そうした感覚が人々に根差し、そして折に触れてそれを行動で表現している気がしました。

## コロナパンデミックは「当たり前」をとらえなおすチャンス

ロンドンにも路上生活者はいましたし、コロナ感染率が地域によって異なり、それは人々の経済的な格差とかなりの部分一致しているというような事実もはっきりしていました。ロンドンが、決して天国でも桃源郷でもないことはよくわかっているつもりです。多くの課題を抱えている国であることも間違いないでしょう。それでもなお、多様な人々が、その多様さからも生まれる社会的困難の中で、意識的に社会の一員としての行動をとり、それを態度で表し、それらを基盤として社会生活を保障する仕組みやセーフティネットを整えている点には、見習うべき点が多いと感じました。

イギリスではロックダウンに際して、労働者に給与の八〇%が一律に支給されました。日本では飲食業への休業補償さえ何か月も遅れているという話です。一体、何に問題があるのでしょう。人々が安心して生活できる状況ではないにも関わらず、日本では、政府や行政がスローガンや自粛要請の呼びかけ以外の生活の安全を保障する施策をほとんどとらないのも疑問です。また、イギリスでは、施策は、オックスフォードやインペリアル・カレッジの研究者の科学的知見に基づいてなされていました。日本では、自治体の長が「うがい薬がコロナに効く」というような情報を発信し、またそれでうがい薬が売り切れるという事態が起こっています。安全が求められる状況の中で、情報そのものが雑多です。そして、セーフティネットが、このようにほとんど機能していないにもかかわらず、また、感染はかつてないほどに拡大しているにもかかわらず、人々は次第に自分自身の判断で活動を再開し始めているようで、これも日本的な特徴なのかもしれないと思ってしまいます。

特別研究期間が終わり、「With　コロナ」「三密を避ける」等々、人々への自粛要請の呼びかけ以外はほとんど何も策がない国に戻ってきて一年たちました。コロナ下にロンドンに滞在してそれまでの「当たり前」にたくさんの疑問符がつきましたが、帰国してからはさらに「当たり前」を疑う気持ちが強くなったようです。

さて、巷では「いつになったらもとの生活ができるのか」「コロナ以前に戻りたい／戻ろう」というような声が聞こえてきます。一日も早い感染の終息を願うことに異論はありませんが、コロナの時期に日本を離れて色々考えさせられた立場からすると、「元に戻らなくてもいい」ところはいっぱいあるし、そもそも「元々あったもの」が、それほどいいのかどうかも問い直した方がいいのでは?と考えてしまいます。

例えば『学びを止めない』というスローガンが大きく取り上げられていますが、私の子どもの頃にはたっぷり四〇日もあった夏休みは短くなる一方です。下手をするとその半分くらいしかありません。子どもから時間や遊ぶ特権がこのように奪われてしまったのはなぜでしょう?あくせくと時間に追われているのは大人も同じです。コロナの時期、虐待が増えていることも指摘されていますが、その一因として、大人にゆとりや安定した気分や生活が欠如していることとも関連しているのではとも思えます。

忙しさの中で〈考えることをやめ〉前へ前へと急かされている状況が、多くの人があまり喜べない、今の私たちの社会を創っているのかもしれません。

コロナという非常事態の下で、これまでの「当たり前」を単純に維持・復活するのではなく、まずは異なった視点からとらえ返してみることが重要ではないでしょうか。発想の転換や、物事を多面的にみるまなざしが形成される可能性は、この非常時だからこそあるのだとコロナ下のロンドンでの生活を通じて、そう考えています。

# 入賞論文執筆者一覧

〈掲載順〉

| | | | | |
|---|---|---|---|---|
| 杉本　玲 | （すぎもと　れい） | 19歳 | 東京都 | 私たちの出会い |
| 髙田利恵 | （たかた　りえ） | 65歳 | 富山県 | もうすぐ私は歩けなくなるのに！ |
| 吉田弥生 | （よしだ　やよい） | 17歳 | 東京都 | 私の使命 |
| 山上由紀子 | （やまがみ　ゆきこ） | 44歳 | 徳島県 | 日常にある幸せ |
| 冨士原憲昭 | （ふじわら　のりあき） | 40歳 | 大阪府 | 不安のアラームを聞くために |
| 森　理恵 | （もり　りえ） | 39歳 | 東京都 | 生き直すということ |
| バハシュワン沙耶 | （ばはしゅわん　さや） | 20歳 | 東京都 | 見えない刺 |
| 岡本奈津美 | （おかもと　なつみ） | 30歳 | 埼玉県 | 目尻に刻むしあわせ |
| 雨宮美智子 | （あめみや　みちこ） | 66歳 | 千葉県 | 家族の歴史と向き合う |
| 吉村可奈子 | （よしむら　かなこ） | 16歳 | 佐賀県 | 春のよすが |

渡辺悠樹（わたなべ　ゆうき）　40歳　山形県　ウィズ・コロナ・ウィズ・チルドレン
～非常事態の中の「恩送り」～

佐藤由香利（さとう　ゆかり）　41歳　東京都　どんぐりの芽

石井泰子（いしい　たいこ）　76歳　東京都　コロナ禍が開けた扉

阿部羅かおる（あべら　かおる）　72歳　京都府　愛おしい人生

阿部松代（あべ　まつよ）　54歳　神奈川県　「なんか」やれる！

松田花奈（まつだ　はな）　19歳　神奈川県　会話のオンライン化から考える

川上祥子（かわかみ　さちこ）　51歳　岡山県　二十六年目の挑戦～コロナ禍という追い風～

脇本正治郎（わきもと　せいじろう）　58歳　兵庫県　落語家Kのこと

# あとがき

この夏、コロナ禍により一年延期となっていたオリンピックそしてパラリンピックが開催され、ほとんどが無観客という異例づくしの大会となりましたが、大きな事故もなく無事に閉幕いたしました。直前まで開催が危ぶまれ、人々の関心もこれまでとはまったく違うものとなりましたが、いざ開催されると過去最多のメダル獲得に大いに盛り上がり、選手たちの活躍に心が熱くなり、「コロナなんかに負けてはいられない。希望を持って力強く前に進もう」。やっとそんな風に思えたのではないでしょうか。

今年の論文課題は『コロナ禍から学ぶ』としました。課題を決定した一月の時点では、五月のゴールデンウイーク、遅くても夏前にはコロナは収束すると信じて疑いませんでした。ところが、収束するどころか感染者数は増加の一途をたどり、『コロナ禍真っ只中』での募集となりました。この状況下でどれほどの応募があるのだろうか、と心配しておりましたが、全国各地はもとより海外から四百五編の作品が寄せられました。

コロナ禍により生活が一変してしまった方、仕事を失ってしまった方、感染して入院された方。皆それぞれに大変な経験をしている中で何かに気付き、何かを学び、少しずつでも前を見て生きていこうとする姿に心を打たれました。人はひとりでは生きていけない。相手を思いやり、いたわり、手を差し伸べる。忘れていた何かを思い出させてくれました。

すっかり変わってしまった日常。以前の生活に戻ることはないのかもしれません。もう二度とない『今』を大切に生き、この論文集の表紙『ガーベラ』の花言葉のように、『希望』を持ち、日々学び続けて『前進』することが本当に大切なのではないでしょうか。当財団がその一助となれば幸甚に存じます。

なお、論文の選考にあたりましては、左記の方々に審査をお願いいたしました。ご協力に心から感謝申しあげます。

（敬称略　五十音順）

石井　威望（東京大学名誉教授）
小笠原英司（明治大学名誉教授）

小松　章（一橋大学名誉教授）
髙　巖（麗澤大学経営学部教授）
耳塚寛明（青山学院大学コミュニティ人間科学部特任教授）
森山卓郎（早稲田大学文学学術院教授）
油布佐和子（早稲田大学教育・総合科学学術院教授）

最後に、豊富な経験に基づいて本書の支柱ともいうべき序章・終章を執筆された耳塚寛明先生、油布佐和子先生の両先生に、重ねて御礼を申しあげます。
また、財団の事業活動に平素から深い理解を示され、本書の出版にあたってその労をとってくださった株式会社ぎょうせいの方々に対し謝意を表します。

令和三年十月

公益財団法人　北野生涯教育振興会
理事長　**北野重子**

# 公益財団法人　北野生涯教育振興会 概要

## 設立の趣旨

昭和五十年六月、スタンレー電気株式会社の創業者北野隆春の私財提供により、生涯教育の振興を図る目的で文部省（現文部科学省）の認可を得て発足し、平成二十二年十二月に公益財団法人として認定されました。

当財団は、学びたいという心を持っている方々がいつでも・どこでも・だれでも学べる体制をつくるために、時代が求める諸事業を展開して、より豊かな生きがいづくりのお役に立つことをめざしています。

## 既刊図書

○「私の生涯教育実践シリーズ」

『人生にリハーサルはない』（昭和55年　産業能率大学出版部）

『私の生きがい』（昭和56年　知道出版）

『四十では遅すぎる』（昭和57年　知道出版）

『祖父母が語る孫教育』（昭和58年　ぎょうせい）

『笑いある居間から築こう　親子の絆』（昭和59年　ぎょうせい）

『人生の転機に考える』（昭和60年　ぎょうせい）

『こうすればよかった――経験から学ぶ人生の心得』（昭和61年　ぎょうせい）

『永遠の若さを求めて』（昭和62年　ぎょうせい）
『人生を易《か》えた友情』（昭和63年　ぎょうせい）
『旅は学習――千里の知見、万巻の書』（平成元年　ぎょうせい）
『おもいやり――沈黙の愛』（平成2年　ぎょうせい）
『豊かな個性――男らしさ・女らしさ・人間らしさ』（平成3年　ぎょうせい）
『心と健康――メンタルヘルスの処方箋』（平成4年　ぎょうせい）
『心の遺産――親から学び、子に教える』（平成5年　ぎょうせい）
『ともに生きる――自己実現のアクセル』（平成6年　ぎょうせい）
『育自学のすすめ――汝自身を知れ』（平成7年　ぎょうせい）
『日本人に欠けるもの――五常の道』（平成8年　ぎょうせい）
『豊かさの虚と実』（平成9年　ぎょうせい）
『わが家の教え』（平成10年　ぎょうせい）
『日本人の品性』（平成11年　ぎょうせい）
『21世紀に語る夢』（平成12年　ぎょうせい）
『私が癒されたとき』（平成13年　ぎょうせい）
『出会いはドラマ』（平成14年　ぎょうせい）
『道――歩き方、人さまざま』（平成15年　ぎょうせい）
『光――照らす、心・人生・時代』（平成16年　ぎょうせい）
『夢――実現した原動力』（平成17年　ぎょうせい）
『志――社会への思いやり』（平成18年　ぎょうせい）
『心の絆――命を紡ぐ』（平成19年　ぎょうせい）

『家庭は「心の庭」』（平成20年　ぎょうせい）
『家訓――我が家のマニフェスト』（平成21年　ぎょうせい）
『食満腹　心空腹――わが家の食卓では…』（平成22年　ぎょうせい）
『私の望む日本――行動する私』（平成23年　ぎょうせい）
『日本が〝生き抜く力〟――今、私ができること』（平成24年　ぎょうせい）
『言葉は人格の表現――心あたたまる言葉・傷つける言葉』（平成25年　ぎょうせい）
『私の東京オリンピック――過去から学び、未来へ夢を』（平成26年　ぎょうせい）
『私の生涯学習――生きることは学ぶこと』（平成27年　ぎょうせい）
『私の先生――誰からも、何からも学べる』（平成28年　ぎょうせい）
『変化に挑む――見えてくる新しい世界』（平成29年　ぎょうせい）
『私の平成』（平成30年　ぎょうせい）
『私の道草』（令和元年　ぎょうせい）
『すぐそばにある「世界」』（令和2年　ぎょうせい）
○『生涯教育図書一〇一選』（昭和61年　ぎょうせい）
○『生涯教育関係文献目録』（昭和61年　財団法人北野生涯教育振興会）
○『社会人のための大学・短大聴講生ガイド』（昭和63年　ぎょうせい）
○『大学院・大学・短大・社会人入試ガイド』（平成3年　ぎょうせい）
○『新・生涯教育図書一〇一選』（平成4年　ぎょうせい）

**所在地**　〒一五三―〇〇五三　東京都目黒区五本木一丁目一二番一六号
**電　話**　（〇三）三七一一―一一二一　ＦＡＸ（〇三）三七一一―一七七五

【監修者・編者紹介】

**公益財団法人 北野生涯教育振興会**

1975年6月、スタンレー電気株式会社の創業者北野隆春の私財提供により、文部省（現文部科学省）の認可を得て我が国で最初に生涯教育と名のついた財団法人を設立。2010年12月公益財団法人に認定。毎年、生涯教育に関係のある身近な関心事を課題にとりあげ、論文・エッセー募集を行い、入賞作品集を「私の生涯教育実践シリーズ」として刊行している。本書はシリーズ42冊目となる。（※財団概要は本書202〜204頁でも紹介）

**耳塚　寛明**（みみづか　ひろあき）

東京大学大学院教育学研究科博士課程単位取得退学。東京大学助手、国立教育研究所研究員を経てお茶の水女子大学教授、元同大学理事・副学長、同大学名誉教授。現職は青山学院大学学部特任教授。主な著書に「平等の教育社会学」（勁草書房）、「教育格差の社会学」（有斐閣）、「学力格差への処方箋」（勁草書房）他。

**油布佐和子**（ゆふ　さわこ）

東京大学大学院教育学研究科博士課程満期退学。教育学修士。早稲田大学教育・総合科学学術院教授。福岡教育大学名誉教授。日本教育学会全国理事、日本学術会議連携会員。編著「現代日本の教師 -仕事と役割-」NHK出版など。

私の生涯教育実践シリーズ '21

# コロナ禍から学ぶ

2021年11月10日　初版発行

監修者　**公益財団法人 北野生涯教育振興会**
編　者　**耳塚　寛明**
　　　　**油布佐和子**
印　刷　株式会社 ぎょうせい
〒136-8575　東京都江東区新木場１-18-11
URL：https://gyosei.jp
フリーコール　0120-953-431

〈検印省略〉　ぎょうせい　お問い合わせ　検索　https://gyosei.jp/inquiry/

印刷／ぎょうせいデジタル株式会社

乱丁・落丁本はお取り替えいたします。



ISBN978-4-324-80114-7（5598424-00-000）〔略号：コロナ禍から学ぶ〕